U0964606

文治
© wénzhì books

房思琪的初恋乐园

林奕含 著

贵州出版集团
贵州人民出版社

献给“等待天使的妹妹”，以及B

改编自真人真事

目录
Contents

第一章
乐园

刘怡婷知道当小孩最大的好处，就是没有人会认真看待她的话。她大可吹牛、食言，甚至说谎。也是大人反射性的自我保护，因为小孩最初说的往往是雪亮真言，大人只好安慰自己：小孩子懂什么。挫折之下，小孩从说实话的孩子进化为可以选择说实话的孩子，在话语的民主中，小孩才长成大人。

唯一因为说话被责骂的一次，是在饭店高楼的餐厅。大人聚会总是吃一些难得而无聊的食物。海参躺在白瓷大盘里就像一条屎在阿娜[1]擦得发光的马桶底。刘怡婷在齿间吞吐一下，就吐回盘子，笑得像打嗝停不下来。妈妈问她笑什么，她说是秘密，妈妈提起音量再问一次，她回答："这好像

1　阿娜：人名，外籍女佣常用的名字。

口交。”妈妈非常生气，叫她去罚站。房思琪说愿陪她罚。刘妈妈口气软下来，跟房妈妈客套起来。而刘怡婷知道，“你家小孩多乖啊”这一类的句子，甚至连语助词都算不上。一层楼就两户，怡婷常常睡衣拖鞋去敲房家的门，无论她手上拿的是快餐或作业本，房妈妈都很欢迎，笑得像她是房家久未归的游子。一张卫生纸也可以玩一晚上，时值欲转大人的年纪，也只有在对方面前玩绒毛娃娃不害臊，不必假装还看得上的玩具只有扑克牌或棋盘。

她们肩并肩站在高楼的落地窗前，思琪用她们的唇语问她：“你刚刚干吗那样说？”怡婷用唇语回答：“这样说听起来比说大便什么的聪明。”刘怡婷要过好几年才会理解，运用一个你其实并不懂的词，这根本是犯罪，就像一个人心中没有爱却说我爱你一样。思琪努了努嘴唇，说下面高雄港好多船正入港，每一艘大鲸货轮前面都有一条小虾米领航船，一条条小船大船，各个排挤出V字形的浪花，整个高雄港就像是用熨斗来回烫一件蓝衣衫的样子。一时间，她们两个人心里都有一点凄迷。成双成对，无限美德。

大人让她们上桌，吃甜点。思琪把冰激凌上面旗子似的麦芽画糖给怡婷，她拒绝了，唇语说："不要把自己不吃的丢给我。"思琪也生气了，唇形愈动愈大，说："你明知道我喜欢吃麦芽糖。"怡婷回："那我更不要。"体温渐渐融化了糖，粘在手指上，思琪干脆口就手吃起来。怡婷孵出笑，唇语说："真难看。"思琪本来想回，你才难看。话到了嘴边，和糖一起吞回去，因为说的怡婷，那就像真骂人。怡婷马上发觉了，孵出来的笑整个地破了。她们座位之间的桌巾突然被抹出一片沙漠，有一群不认识的侏儒围圈无声在歌舞。

钱爷爷说："两个小美女有心事啊？"怡婷最恨人家叫她们两个小美女，她恨这种算术上的好心。吴妈妈说："现在的小孩，简直一出生就开始青春期了。"陈阿姨说："我们都要更年期啰。"李老师接着说："她们不像我们，我们连青春痘都长不出来！"席上每个人的嘴变成笑声的泉眼，哈字一个个掷到桌上。关于逝去青春的话题是一种手拉手踢腿的舞蹈，在这个舞蹈里她们从未被牵起，一个最坚贞的圆实际上就是最排外的圆。尽管后来刘怡婷明白，还有青春可以失去的不是那些大人，而是她们。

隔天她们和好得像一罐麦芽糖，也将永永远远如此。

有一年春天，几个住户联络了邻里委员会，几个人出资给街友[1]办元宵节汤圆会。即使在学区，他们的大楼还是很触目，骑车过去都不觉得是车在动，而是希腊式圆柱列队跑过去。同学看新闻，背面笑刘怡婷，“高雄帝宝”，她的心里突然有一只狗哀哀在雨中哭，她想，你们知道什么，那是我的家！但是，从此，即使是一周一度的便服日她也穿制服，有没有体育课都穿同一双球鞋，只恨自己脚长太快得换新的。

几个妈妈聚在一起，谈汤圆会，吴奶奶突然说，刚好元宵节在周末，让孩子来做吧。妈妈们都说好，孩子们该开始学做慈善了。怡婷听说了，心里直发寒。像是一只手伸进她的肚子，擦亮一支火柴，肚子内壁窸窸刻了几句诗。她不知道慈善是什么意思。查了词典，“慈善”：“仁慈善良，富同情心。梁简文帝，吴郡石像碑文：‘道由慈善，应起灵觉。’”怎么看，都跟妈妈们说的不一样。

刘怡婷很小的时候就体会到，一个人能够经验过最好的

1　街友：露宿者或称流浪汉、游民、街友、野宿族，指的是一些因为经济能力不足或出于其它原因居无定所，而在公园、天桥底、地下通道及住宅后楼梯等地栖身的人。

感觉，就是明白自己只要付出努力就一定有所回报。这样一来，无论努不努力都很愉快。功课只有她教别人，笔记给人抄，帮写毛笔字、做劳作，也不用别人跑合作社来换。她在这方面总是很达观。不是施舍的优越感，作业簿被传来传去，被不同的手复写，有的字迹圆滑如泡泡吹出来，有的疙瘩如吃到未熟的面条，作业簿转回自己手上，她总是幻想着作业簿生了许多面貌迥异的小孩。有人要房思琪的作业抄，思琪总是郑重推荐怡婷："她的作业风流。"两人相视而笑，也不需要他人懂。

那年的冬天迟到了，元宵节时还冷。帐子就搭在大马路上。排第一个的小孩舀咸汤，第二个放咸汤圆，第三个舀甜汤，怡婷排第四，负责放甜汤圆。汤圆很乖，胖了，浮起来，就可以放到汤里。红豆汤衬得汤圆的胖脸有一种撒娇赌气之意。学做慈善？学习仁慈？学习善良？学习同情心？她模模糊糊想着这些，人陆陆续续走过来了，脸色都像是被风给吹皱了。第一个上门的是一个爷爷，身上不能说是衣服，顶多是布条。风起的时候，布条会油油招摇，像广告纸下边联络电话被切成待撕下的细长条子。爷爷琳琅走过来，整个人就是待撕下的样子。她又想，噢，我没有资格去譬喻别人的人生是什么形状。“好，轮到我了，三个汤圆。”“爷爷你请那边，随便坐。”李老师说三是阳数，好数字，老师真博学。

人比想象中多，她前一晚对于嗟来食与羞耻的想象慢慢被人群冲淡。也不再譬喻，只是舀和打招呼。突然，前头骚动起来，原来是有伯伯问可不可以多给两个，舀咸汤圆的小葵，他的脸像被冷风吹得石化，也或许是给这个问句吹的。怡婷听见小葵答：“这不是我能决定的啊。”伯伯默默往下一个人移动，他的沉默像颗宝石衬在刚刚吵闹的红绸缎里，显得异常沉重，压在他们身上。怡婷很害怕，她知道有备下多的汤圆，却也不想显得小葵是坏人。接下塑胶碗，没法思考，递回去的时候才发现多舀了一个，潜意识的错误。她回头看见小葵在看她。

有个阿姨拿了塑料袋来，要打包走，说回家吃。这个阿姨没有刚刚那些叔叔阿姨身上台风灾区的味道。之前风灾，坐车经过灾区的时候她不知道是看还是不看，眼睛忘了，可是鼻子记得。对，那些叔叔阿姨正是猪只趴在猪圈栅栏上，随着黄浊的水漂流的味道。没办法再想下去了。这个阿姨有家，那么不是街友。不能再想了。

又有阿姨问他们要衣服。小葵突然非常做得了主，他坚定地对阿姨说："阿姨，我们只有汤圆。只有汤圆。对，但我们可以多给你几个。"阿姨露出呆钝的表情，像是在计算汤圆或衣物能带来的热量而不能。呆钝的表情挂在脸上，捧着两大碗进去帐子了。帐子渐渐满了，人脸被透过红帆布射进来的阳光照得红红的，有一种娇羞之意。思琪好看，负责带位子、收垃圾。怡婷唤思琪来顶她的位子，说一大早到下午都没上厕所实在受不了。思琪说好，但是等等你也帮我一下。

走过两个街口，回到家，一楼的大厅天花板高得像天堂。进厕所之前瞥见李师母在骂晞晞，坐在背对厕所走廊的沙发上。她瞄了一眼，沙发前的宽茶几上放了一碗汤圆，汤圆一个趴一个，高高突出了红塑胶碗的水平线。她只听到晞晞哭着说这一句："有的不是流浪汉也来拿。"一下子尿意全亡佚了。在厕所里照镜子，扁平的五官上洒满了雀斑，脸几乎可以说是正方形的，思琪每次说看她不腻，她就会回，你只是想吃东北大饼吧。大厅厕所的镜沿是金色的巴洛克式雕花，她的身高，在镜子里，正好是一幅巴洛克时期的半身画像。挺了半天挺不出个胸来，她才惊醒似洗了洗脸，被人看见多不好，一个小孩对镜子装模作样，又根本生得不好。晞晞几岁了？仿佛小她和思琪两三岁。李老师那样精彩的人——晞晞竟然……！出厕所没看见母女俩，碗也没了。

沙发椅背后露出的换成了两丛鬈发，一丛红一丛灰，云一样不可捉摸。红的应该是十楼的张阿姨，灰的不知道是谁。灰得有贵金属之意。看不清楚是整个的灰色，还是白头发夹缠在黑头发里。黑色和白色加起来等于灰色，她热爱色彩的算术，也就是为什么她钢琴老弹不好。世界上愈是黑白分明的事情愈是要出错的。

两颗头低下去，几乎隐没在沙发之山后面，突然声音拔起来，像鹰出谷——老鹰得意地张嘴啼叫的时候，猎物从吻喙掉下去——“什么！那么年轻的老婆他舍得打？”张阿姨压下声音说：“所以说，都打在看不到的地方么。”“那你怎么知道的？”“他们家打扫阿姨是我介绍的嘛。”“所以说这些用人的嘴啊，钱升生不管一下吗？媳妇才娶进来没两年。”“老钱只要公司没事就好。”怡婷听不下去了，仿佛被打的是她。

含着眼皮，蹑手蹑脚，走回大街上。冷风像一个从不信中医的人在遍尝西医疗法而无效之后去给针灸了满脸。她才想到伊纹姐姐在还暖的天气就穿着高领长袖。不能露出的不只是瘀青的皮肤，还有即将要瘀青的皮肤。刘怡婷觉得这一天她老了，被时间熬煮透了。

突然，思琪在街角跳进她的眼皮："刘怡婷你不是说要帮我的吗，等不到你，我只好自己回来。"怡婷说："对不起，肚子痛。"一面想这借口多俗，一面问，"你也是回来上厕所吗？"思琪的眼睛汪汪有泪，唇语说："回来换衣服，不该穿新大衣的，气象预报说今天冷，看他们穿成那样，我觉得我做了很坏的事情。"怡婷拥抱她，两个人化在一起，她说："旧的你也穿不下，不是你的错，小孩子长得快嘛。"两个人笑到泼出来，倾倒在对方身上。美妙的元宵节结束了。

钱升生家有钱。八十几岁了，台湾经济起飞时一起飞上去的。有钱的程度是即使在这栋大楼里也有钱，是台湾人都听过他的名字。很晚才有了儿子，钱一维是刘怡婷和房思琪最喜欢在电梯里遇见的大哥哥。唤哥哥是潜意识的心计，一方面显示怡婷她们多想长大，一方面抬举钱一维的容貌。怡婷她们私下给邻居排名：李老师最高，深目蛾眉，状如愁胡，既文既博，亦玄亦史；钱哥哥第二，难得有地道的美国东部腔，好听，人又高，一把就可以抓下天空似的。有的人戴眼镜，仿佛是用镜片搜集灰尘皮屑，有的人眼镜的银丝框却像勾引人趴上去的栅栏。有的人长得高，只给你一种揠苗助长之感，有的人就是风，是雨林。同龄的小孩进不去名单里，你要怎么给读《幼狮文艺》[1]的人讲普鲁斯特[2]呢？

钱一维一点也不哥哥，四十几岁了。伊纹姐姐才二十几岁，也是名门。许伊纹念比较文学博士，学业被婚姻打断，打死了。许伊纹鹅蛋脸，大眼睛长睫毛，眼睛大得有一种惊吓之情，睫毛长得有一种沉重之意，鼻子高得像她在美国那

1 《幼狮文艺》：1954年创刊，分别由冯放民、邓绥甯、痖弦、朱桥等人所拓展。“幼狮”取英姿勃发之青年的意思，亦可英译为“youth”，早期主要是青少年作家的文学入门刊物。

2 马赛尔·普鲁斯特（Marcel Proust）：法国作家，独具风格的语言大师。代表作《追忆似水年华》。

一年除了美语也学会了美国人的鼻子，皮肤白得像童话故事，也像童话故事隐约透露着血色。她早在长大以前就常被问眼睛是怎么化的妆，她也不好意思跟她们说那只是睫毛。怡婷有一天眼睛钉在思琪脸上，说："你长得好像伊纹姐姐，不，是伊纹姐姐像你。"思琪只说拜托不要闹了。下次在电梯里，思琪仔细看了又看伊纹姐姐，第一次发现自己的长相。伊纹跟思琪都有一张犊羊的脸。

钱一维背景无可挑剔，外貌端到哪里都赏心悦目，美国人的绅士派头他有，美国人那种世界警察的自大没有。可是许伊纹怕，这样的人怎么会四十几岁还没结婚。钱一维给她的解释是"以前接近我的女人都是要钱，这次索性找一个本来就有钱的，而且你是我看过最美、最善良的女人"，种种种种，恋爱教战守策的句子复制贴上。伊纹觉得这解释太直观，但也算合理。

钱一维说许伊纹美不胜收。伊纹很开心地说："你这成语错得好诗意啊。"心里笑着想这比他说过的任何正确成语都来得正确。心里的笑像滚水，不小心在脸上蒸散开来。一维着迷了，一个纠正你的文法的女人。伊纹光是坐在那儿就像便利商店一本四十九元的迷你言情小说封面，美得飘飘欲仙。她欲仙而仙我，她飘飘然而飘我。

那一天，又约在寿司店，伊纹身体小，胃口也小，吃寿司是一维唯一可以看见她一大口吃进一团食物的时光。上完最后一贯，师傅擦擦手离开板前。伊纹有一种奇异的预感，像是明知光吃会被呛到却还是夹一大片生姜来吃。不会吧。一维没有跪下，他只是清淡淡说一句："快一点跟我结婚吧。"伊纹收过无数告白，这是第一次收到求婚，如果笼统地把这个祈使句算成求的话。她理一理头发，好像就可以厘清思绪。他们才约会两个多月，如果笼统地把所有祈使句都计成约的话。伊纹说："钱先生，这个我要再想一想。"伊纹发现自己笨到现在才意识到平时要预约的寿司店从头到尾都只有他们两个人。一维慢慢地从包里拿出一个丝绒珠宝盒。伊纹突然前所未有地大声："不，一维，你不要拿那个给我看，否则我以后答应了你岂不会以为我考虑的是那个盒子而不是你本人？"出了口马上发现说错话，脸色像寿司师傅在板前用喷枪炙烧的大虾。一维笑笑没说话。既然你以后会答应我。既然你改口喊我名字。他收起盒子，伊纹的脸熟了就生不回去了。

真的觉得心动是那次他台风天等她下课，要给她惊喜。出学校大门的时候看到瘦高的身影，逆着黑头车的车头灯，大伞在风中癫痫，车灯在雨中伸出两道光之触手，触手里有雨之蚊蚋狂欢。光之手摸索她、看破她。她跑过去，雨鞋在水洼里踩出浪。“真的很不好意思，我不知道你今天会来，早知道……我们学校很会淹水的。”上车以后看见他的蓝色西装裤直到小腿肚都湿成靛色，皮鞋从拿铁染成美式咖啡的颜色。很自然想到“三世因缘”里《蓝桥会》的故事——期而不来，遇水，抱梁柱而死。马上告诉自己，“心动”是一个很重的词。很快就订婚了。

结婚之后许伊纹搬过来，老钱先生太太住顶楼，一维和伊纹就住下面一层。怡婷她们常常跑上去借书，伊纹姐姐有那么多书。“我肚子里有更多哦。”伊纹蹲下来跟她们说。老钱太太在客厅看电视，仿佛自言自语道：“肚子是拿来生孩子的，不是拿来装书的。”电视那样响，不知道她怎么听见的。怡婷看着伊纹姐姐的眼睛熄灭了。

伊纹常常念书给她们，听伊纹读中文，怡婷感到啃鲜生菜的爽脆，一个字是一口，不曾有屑屑落在地上。也渐渐领会到伊纹姐姐念给她们只是借口，其实多半是念给自己，遂上楼得更勤了。她们用一句话形容她们与伊纹的共谋："青春作伴好还乡。"她们是美丽、坚强、勇敢的伊纹姐姐的帆布，替她遮掩，也替她张扬，盖住她的欲望，也服帖着让欲望的形状更加明显。一维哥哥下班回家，抖擞了西装外套，笑她们："又来找我老婆当保姆了。"外套里的衬衫和衬衫里的人一样，有新浆洗过的味道，那眼睛只是看着你就像要承诺你一座乐园。

好一阵子她们读陀思妥耶夫斯基。照伊纹姐姐的命令，按年代来读。读到《卡拉马佐夫兄弟》，伊纹姐姐说："记得《罪与罚》里的拉斯柯尔尼科夫和《白痴》里的梅诗金公爵吗？和这里的斯麦尔加科夫一样，他们都有癫痫症，陀思妥耶夫斯基自己也有癫痫症。这是说，陀思妥耶夫斯基认为最接近基督理型[1]的人，是因为某种因素而不能被社会化的

1　西方哲学对于本体论与知识论的一种观点，由柏拉图提出。他认为，自然界中有形的物质虽然会受时间侵蚀，但做成这些东西的模子或形式却是永恒不变的。柏拉图称这些形式为理型或观念。

自然人，也就是说，只有非社会人才算是人类哦。你们明白非社会和反社会的不同吧？”刘怡婷长大以后，仍然不明白伊纹姐姐当年怎么愿意告诉还是孩子的她们那么多，怎么会在她们同辈连藤井树都还没开始看的时候就教她们陀思妥耶夫斯基。或许是补偿作用？伊纹希望我们在她被折腰，进而折断的地方衔接上去？

那一天，伊纹姐姐说楼下的李老师。李老师知道她们最近在读陀思妥耶夫斯基，老师说：“村上春树很自大地说过，世界上没有几个人背得出卡拉马佐夫三兄弟的名字，老师下次看到你们会考你们哦。”“德米特里、伊万、阿辽沙。”怡婷心想，思琪为什么没有跟着念？“一维哥哥回来了。”伊纹姐姐看着门，就像她可以看见锁钥咬啮的声音。伊纹姐姐对一维哥哥手上纸袋投过去的眼色，不只是宽恕的雨，还有质疑的光，那是说“那是我最喜欢的蛋糕，你妈妈叫我少吃的一种东西”。一维哥哥看着伊纹姐姐笑了，一笑，像脸上投进一个石子，满脸的涟漪。他说：“这个吗，这是给孩子们的。”怡婷和思琪好开心，可是对于食物本能地显得非常淡泊。不能像兽一样。“我们刚刚还在读陀思妥耶夫斯基。”“德米特里、伊万、阿辽沙。”一维哥哥笑得更开了：“小女孩不吃陌生叔叔的食物，那我只好自己吃了。”

伊纹姐姐拿过袋子，说：“你不要闹她们了。”怡婷看得很清楚，在伊纹姐姐碰到一维哥哥的手的时候，伊纹姐姐一瞬间露出奇异的表情。她一直以为那是新娘子的娇羞，跟她们对食物的冷漠同理，食，色，性也。后来她才知道那是一维在伊纹心里放养了一只名叫“害怕”的小兽，小兽在冲撞伊纹五官的栅栏。那是痛楚的蒙太奇。后来，升学，离家，她们听说一维还打到伊纹姐姐流掉孩子。老钱太太最想要的男孩。德米特里、伊万、阿辽沙。

那一天，他们围在一起吃蛋糕，好像彼此生日还从未这样开心，一维哥哥谈工作，上市她们听成上菜市场，股票几点她们问现在几点，人资她们开始背“人之初，性本善……”她们喜欢被当成大人，更喜欢当大人一阵子后变回小孩。一维哥哥突然说：“思琪其实跟伊纹很像，你看。”“的确像，眉眼、轮廓、神气都像。”在这个话题里，怡婷掉队了，眼前满脸富丽堂皇的仿佛是一家人。怡婷很悲愤，她知道的比世界上任何一个小孩都来得多，但是她永远不能得知一个自知貌美的女子走在路上低眉敛首的心情。

升学的季节到了，大部分的人都选择留在家乡。刘妈妈和房妈妈讨论送怡婷和思琪去台北，外宿，两个人有个照应。怡婷她们在客厅看电视，大考之后发现电视前所未有地有趣。刘妈妈说，那天李老师说，他一个礼拜有半个礼拜在台北，她们有事可以找他。怡婷看见思琪的背更驼了，像是妈妈的话压在她身上。思琪用唇语问怡婷："你会想去台北吗？""不会不想，台北有那么多电影院。"事情决定下来了。唯一到最后才决定的是要住刘家还是房家在台北的房子。

行李很少，粉尘纷纭，在她们的小公寓小窗户投进来的光之隧道里游走。几口纸箱躺着，比她们两个人看上去更有乡愁。内衣裤一件件掏出来，最多的还是书本。连阳光都像聋哑人的语言，健康的人连感到陌生都不敢承认。怡婷打破沉默，像她割开纸箱的姿势一样，说："好险我们书是合看的，否则要两倍重，课本就不能合看了。"思琪静得像空气，也像空气一样，走近了、逆着光，才看见里面正摇滚、翻沸。

"你为什么哭？""怡婷，如果我告诉你，我跟李老师在一起，你会生气吗？”“什么意思？”“就是你听见的那样。”“什么叫在一起？”“就是你听见的那样。”“什么时候开始的？”“忘记了。”“我们妈妈知道吗？”“不知道。”“你们进展到哪里了？”“该做的都做了，不该做的也做了。”“天啊，房思琪！有师母，还有晞晞，你到底在干吗？！你好恶心，你真恶心，离我远一点！”思琪盯着怡婷看，眼泪从小米孵成黄豆，突然崩溃、大哭起来，哭到有一种暴露之意。“哦天啊，房思琪，你明明知道我多崇拜老师，为什么你要把全部都拿走？”“对不起。”“你对不起的不是我。”“对不起。”“老师跟我们差几岁？”“三十七。”“天啊，你真的好恶心，我没办法跟你说话了。”

开学头一年，刘怡婷过得很糟。思琪常常不回家，回家了也是一个劲地哭。隔着墙，怡婷每个晚上都可以听见思琪把脸埋在枕头里尖叫。棉絮泄漏变得沉淀的尖叫。她们以前是思想上的双胞胎。不是一个爱菲茨杰拉德，另一个拼图似的爱海明威，而是一起爱上菲茨杰拉德，讨厌海明威的理由也一模一样。不是一个人背书背穷了另一个接下去，而是一起忘记同一个段落。有时候下午李老师到公寓楼下接思琪，怡婷从窗帘隙缝往下看，出租车顶被照得黄油油的，焦灼她的脸颊。李老师头已经秃了一块，以前从未能看见。思琪的发线笔直如马路，仿佛在上面行驶，会通向人生最恶俗的真谛。每次思琪纸白的小腿缩进车里，车门砰地夹起来，怡婷总有一种被甩巴掌的感觉。

“你们要维持这样到什么时候？”“不知道。”“你该不会想要他离婚吧？”“没有。”“你知道这不会永远的吧？”“知道，他——他说，以后我会爱上别的男生，自然就会分开的，我——我很痛苦。”“我以为你很爽。”“拜托不要那样跟我说话。如果我死了，你会难过吗？”“你要自杀吗？你要怎么自杀？你要跳楼吗？可以不要在我家跳吗？”

她们以前是思想上的双胞胎，精神的双胞胎，灵魂的双胞胎。以前伊纹姐姐说书，突然说好羡慕她们，她们马上异口同声说：“我们才羡慕姐姐和一维哥哥。”伊纹姐姐说：“恋爱啊，恋爱是不一样的，柏拉图说人求索他缺失的另一半，那就是说两个人合在一起才是完整，可是合起来就变成一个了，你们懂吗？像你们这样，无论缺少或多出什么都无所谓，因为有一个人与你镜像对称，只有永远合不起来，才可以永远做伴。”

那个夏天的晌午，房思琪已经三天没上课也没回家了。外面的虫鸟闹得真响。站在一棵巨大的榕树底下，蝉鸣震得人的皮肤都要老了，却看不见鸣声上下，就好像是树木自身在叫一样。嗡——嗡嗡嗡嗡，嗡——嗡嗡嗡嗡。好一会儿刘怡婷才意识到是自己的手机。老师转过头：“噢，谁的手机也在发情？”她在课桌下掀开手机背盖，不认识的号码，切断。嗡——嗡嗡嗡嗡。该死，切断。又打来了。老师倒端正起脸孔说：“真有急事就接吧。”“老师，没有急事。”又打来了。“哦，抱歉，老师，我出去一下。”

是阳明山什么湖派出所打来的。搭出租车上山，心跟着山路蜿蜒，想象山跟圣诞树是一样的形状。小时候跟房思琪踮起脚摘掉星星，假期过后最象征性的一刻。思琪在山里？派出所？怡婷觉得自己的心踮起脚来。下了车马上有警察过来问她是不是刘怡婷小姐。“是。”“我们在山里发现了你的朋友。”怡婷心想，发现，多不祥的词。警官又问：“她一直都是这样吗？”“她怎样了吗？”派出所好大一间，扫视一圈，没有思琪——除非——除非——除非“那个”是她。

思琪的长头发缠结成一条一条，盖住半张脸，脸上处处是晒伤的皮屑，处处蚊虫的痕迹，脸颊像吸奶一样往内塌陷，肿胀的嘴唇全是血块。她闻起来像小时候那次汤圆会，所有的街友体味的大锅汤。“天啊。为什么要把她铐起来？”警官很吃惊地看着她：“这不是很明显吗，同学？”怡婷蹲下来，撩起她半边头发，她的脖子折断似的歪倒着，瞪圆了眼睛，鼻涕和口水一齐滴下来，房思琪发出声音了：“哈哈！”

医生的诊断刘怡婷听不清楚，但她知道意思是思琪疯了。房妈妈说当然不可能养在家里，也不可能待在高雄，大楼里医生就有几个。也不能在台北，资优班上好多父母是医生。折中了，送到台中的疗养院。怡婷看着台湾，她们的小岛，被对折，高雄、台北是峰，台中是谷，而思琪坠落下去了。她灵魂的双胞胎。

怡婷常常半夜惊跳起来，泪流满面地等待隔墙闷哼的夜哭。房妈妈不回收思琪的东西，学期结束之后，怡婷终于打开隔壁思琪的房间，她摸思琪的陪睡娃娃、粉红色的小绵羊，摸她们成双的文具。摸学校制服上绣的学号，那感觉就像扶着古迹的围墙做白日梦时突然摸到干硬的口香糖，那感觉一定就像在流利的生命之演讲里突然忘记一个最简单的词。她知道一定有哪里出错了。从哪一刻开始失以毫厘，以至于如今差以千里。她们平行、肩并肩的人生，思琪在哪里歪斜了。

刘怡婷枯萎在房间正中央，这个房间看起来跟自己的房间一模一样。怡婷发现自己从今以后活在世界上，将永远像一个丧子的人逛游乐园。哭了很久，突然看到粉红色脸皮的日记，躺在书桌上，旁边的钢笔礼貌地脱了帽。一定是日记，从没看过思琪笔迹那么乱，一定是只给自己看的。已经被翻得软烂，很难干脆地翻页。思琪会给过去的日记下注解，小房思琪的字像一个胖小孩的笑容，大房思琪的字像名嘴的嘴脸。现在的字注解在过去的日记旁边，正文是蓝字，注解是红字。和她写功课一样。打开的一页是思琪出走再被发现的几天前，只有一行："今天又下雨了，天气预报骗人。"但她要找的不是这个，是那时候，思琪歪斜的那时候。干脆从最前面读起。结果就在第一页。

蓝字："我必须写下来，墨水会稀释我的感觉，否则我会发疯的。我下楼拿作文给李老师改。他掏出来，我被逼到涂在墙上。老师说了九个字：‘不行的话，嘴巴可以吧。’我说了五个字：‘不行，我不会。’他就塞进来。那感觉像溺水。可以说话之后，我对老师说：‘对不起。’有一种功课做不好的感觉。虽然也不是我的功课。老师问我隔周还会再拿一篇作文来吧。我抬起头，觉得自己看透天花板，可以看见楼上妈妈正在煲电话粥，粥里的料满满是我的奖状。我也知道，不知道怎么回答大人的时候，最好说好。那天，我隔着老师的肩头，看着天花板起伏像海哭。那一瞬间像穿破小时候的洋装。他说：‘这是老师爱你的方式，你懂吗？’我心想，他搞错了，我不是那种会把阴茎误认成棒棒糖的小孩。我们都最崇拜老师。我们说长大了要找老师那样的丈夫。我们玩笑开大了会说真希望老师就是丈夫。想了这几天，我想出唯一的解决之道了，我不能只喜欢老师，我要爱上他。你爱的人要对你做什么都可以，不是吗？思想是一种多么伟大的东西！我是从前的我的赝品。我要爱老师，否则我太痛苦了。”

红字：“为什么是我不会？为什么不是我不要？为什么不是你不可以？直到现在，我才知道这整起事件很可以化约成这第一幕：他硬插进来，而我为此道歉。”

怡婷读着读着，像一个小孩吃饼，碎口碎口地，再怎么小心，掉在地上的饼干还是永远比嘴里的多。终于看懂了。怡婷全身的毛孔都气喘发作，隔着眼泪的薄膜茫然四顾，觉得好吵，才发现自己刚刚在鸦号。一声声号哭像狩猎时被射中的禽鸟一只只声音缠绕着身体坠下来。甚且，根本没有人会猎鸦。“为什么你没有告诉我？”盯着日期看，那是五年前的秋天，那年，张阿姨的女儿终于结婚了，伊纹姐姐搬来没多久，一维哥哥刚刚开始打她，今年她们高中毕业，那年她们十三岁。

故事必须重新讲过。

第二章

失乐园

房思琪和刘怡婷从有记忆以来就是邻居。七楼，跳下去，可能会死，可能成植物人，也可能只断手断脚，尴尬的楼层。她们活在还有明星学校和资优班的年代，从小念资优班，不像邻居的小孩能出国就出国。她们说："我们一辈子要把中文讲好就已经很难了。"她们很少在人前说心里话。思琪知道，一个搪瓷娃娃小女孩卖弄聪明，只会让容貌显得张牙舞爪。而怡婷知道，一个丑小女孩要小聪明，别人只觉得疯癫。好险有彼此。否则她们都要被自己对世界的心噎死了。读波德莱尔而不是《波德莱尔大遇险》[1]，第一次知道砒霜是因为《包法利夫人》而不是《九品芝麻官》，这是她们与其他小孩的不同。

1 《波德莱尔大遇险》：著名作家丹尼尔·汉德勒创作的系列畅销童书。

李国华一家人搬进来的时候，上上下下，访问个遍。一户一盅佛跳墙，李师母一手抱着瓷瓮，一手牵着晞晞，仿佛更害怕失去的是瓷瓮。房家一排书倦倦地靠在墙上，李国华细细看过一本本书的脸皮，称赞房先生房太太的品位。他说，在高中补习班教久了，只剩下进步了几分，快了几分钟，都成教书匠了。房太太马上谦逊而骄傲地说，书不是他们的，书是女儿的。李老师问，女儿多大了？那年她们十二岁，小学刚毕业。他说，可这是大学生的书架啊。女儿在哪里？思琪那时不在，在怡婷家。过几天访刘家，刘家墙上也有一排书，李老师红棕色的手指弹奏过书的背脊，手指有一种高亢之意，又称赞了一套。那时也没能介绍怡婷，怡婷刚好在思琪家。晞晞回家之后，站上床铺，在房间墙上比画了很久："妈咪，也给我一个书架好不好？"

顶楼的钱哥哥要结婚了，大楼里有来往的住户都喜洋洋地要参加婚礼。新娘听说是十楼张阿姨介绍给钱哥哥的，张阿姨倒好，女儿终于结婚了，马上就做起媒人。思琪去敲刘家的门，问好了没有。应门的是怡婷，她穿着粉红色蓬蓬洋装，像是被装进去的。思琪看着她，除了滑稽还感到一种惨痛。怡婷倒是为这衣裳烦扰已久终于顿悟的样子，她说："我就跟妈咪说我不能穿洋装啊，我抢走新娘的风采怎么办呢。"思琪知道怡婷说笑话是不要她为她担心，纠在一起的五脏终于松懈。

房家刘家同一桌。一维哥哥玉树地站在红地毯的末端，或者是前端？一维哥哥穿着燕尾服，整个人乌黑到有一种光明之意。西装外套的剑领把里面的白衬衫削成极尖的铅笔头形状。她们不知道为什么感觉那燕尾很想要剪断红地毯。新娘子走进来了，那么年轻、那么美，她们两个的文字游戏纷纷下马，字句如鱼沉，修辞如雁落。就像一个都市小孩看见一只蝴蝶，除了大喊"蝴蝶"，此外便没有话可说。许伊纹就是这样：蝴蝶！新娘子走过她们这一桌的时候，红地毯两侧的吹泡泡机器吹出泡泡。她们仿佛可以看见整个高广华盖的宴会厅充满着反映了新娘子身影的泡泡。千千百百个伊纹撑开来印在泡泡上，扭曲的腰身像有人从后面推了她一把，千千百百个伊纹身上有彩虹的涟漪，慈爱地降在每一张圆桌上，破灭在每个人面前。一维哥哥看进去伊纹的眼睛，就像是想要溺死在里面。交响乐大奏，掌声如暴雨，闪光灯闪得像住在钻石里。她们后来才明白，她们着迷的其实是新娘子长得像思琪。那是她们对幸福生活的演习。

结婚当晚的洞房就是老钱先生太太下面一层。买一整层给俩人，两户打通。一维在洞房当晚才给伊纹看求婚时的绒布盒子，装的是镶了十二颗粉红钻的项链。一维说："我不懂珠宝，我就跑去毛毛那儿，说给我最好的粉红钻。"伊纹笑了："什么时候的事？""第一次见面，我看到你包包里东西都是粉红色，就跑去找毛毛了。"伊纹笑到合不拢嘴："你常常买钻石给见面一次的女生吗？""从来没有，只有你。"伊纹声音里都是笑："是吗，我怎能确定呢？""你可以去问毛毛啊。"伊纹笑到身体跌出衣服："毛毛毛毛，到底是哪里的毛？"一维的手沿着她的大腿摸上去，"毛毛，不不，你坏坏。"伊纹全身赤裸，只脖子戴着钻链，在新家跑来跑去，鞠躬着看一维小时候的照片，叉着腰说这里要放什么书，那里要放什么书，小小的乳房也认真地噘着嘴，滚到土耳其地毯上，伊纹摊开双手，腋下的纹路比前胸更有裸露之意。伊斯兰重复对称的蓝色花纹像是伸出藤蔓来，把她绑在上面。

美不胜收。那几个月是伊纹生命之河的金沙带。

许伊纹搬进大楼的第一组客人是一双小女生。婚礼过后没有多久就来了。怡婷讲的第一句话是："一维哥哥前阵子老是跟我们说他的女朋友比我们懂得更多。"思琪笑疼了肚子："哦，刘怡婷，我们大不敬。"伊纹马上喜欢上她们："请进，两位小女人。"

一维哥哥跟伊纹姐姐的家，有整整一面的书墙，隔层做得很深，书推到最底，前面摆着琳琅满目的艺术品，从前在钱爷爷家就看过的。琉璃茶壶里有葡萄、石榴、苹果和苹果叶的颜色，壶身也爬满了水果，挡住了纪德全集。《窄门》《梵蒂冈地窖》，种种，只剩下头一个字高出琉璃壶，横行地看过去，就变成：窄，梵，田，安，人，伪，如，杜，日。很有一种躲藏的意味。也有一种呼救的感觉。

许伊纹说："你们好，我是许伊纹，秋水伊人的伊，纹身[1]的纹，叫我伊纹就好啰。"思琪和怡婷在书和伊纹面前很放松，她们说："叫我思琪就好啰。""叫我怡婷就好啰。"

1　纹身：同"文身"。

三个人哈哈大笑。她俩很惊奇，她们觉得伊纹姐姐比婚礼那天看上去更美了。有一种人，像一幅好画，先是赞叹整体，接下来连油画颜料提笔的波浪尖都可看，一辈子看不完。伊纹见她们一直在看书架，抱歉地说，没办法放太多书，要什么她可以从娘家带给她们。她们指着书架问："这样不会很难拿书吗？"伊纹姐姐笑说："真的打破什么，我就赖给纪德。"三个人又笑了。

她们从女孩到青少女，往来借书听书无数次，从没有听说伊纹姐姐打破过什么东西。她们不知道，每一次把手擦拭干净，小心翼翼地拿下沉重的艺术品，小心拖鞋小心地毯，小心手汗小心指纹，是老钱太太罚伊纹的精致苦刑。她的罪不但是让老钱太太的儿子从一堵墙之隔变成一面天花板，更是因为老钱太太深处知道自己儿子配不上她。那时候伊纹姐姐还成天短袖短裤的。

结婚不到一年一维就开始打她。一维都七点准时下班，多半在晚上十点多接到应酬的电话，伊纹在旁边听，苹果皮就削断了。一维凌晨两三点回家，她躺在床上，可以看见锁和钥互相咬合的样子。凭着烟味酒味也知道他走近了，可也没地方逃。隔天傍晚下班他还是涎着脸跟她求欢。新的瘀青是茄子绀或虾红色，旧的瘀青是狐狸或貂毛老茶的颜色。洗澡的时候，伊纹把手贴在跟手一样大的伤上面，新的拳脚打在旧的伤上，色彩斑斓得像热带鱼。只有在淋浴间，哭声才不会走出去，说闲话。晚上又要听一维讲电话。挂上电话，一维换衣服的时候，她站在更衣室门外，问他："今天别去了，可以吗？"一维打开门，发现她的眼睛忽明忽灭，亲了她的脸颊就出门了。

伊纹婚礼当天早上彩排的时候看着工作人员滚开红地毯，突然有一种要被不知名的长红舌头吞噬的想象。一生中最美的时刻。她后来才了解，说婚礼是一个女人一生中最美的时刻，意思不但是女人里外的美要开始下坡，而且暗示女人要自动自发地把所有的性吸引力收到潘多拉的盒子里。她和一维的大双人床，是她唯一可以尽情展演美貌的地方。一张床，她死去又活来的地方。最粗鲁也不过是那次咬着牙说一句："你不可以下午上我，半夜打我！"一维也只是笑笑摘下袖扣，笑开了，眼尾皱起来，一双眼睛像一对向对方游去欲吻的鱼。没喝酒的一维是世界上最可爱的男人。

李国华李师母领着晞晞去拜访一维伊纹。伊纹看见晞晞，马上蹲下来，说："嗨，你好。"晞晞留着及臀的长发，怎么也不愿意剪。她有妈妈的大眼睛和爸爸的高鼻梁，才十岁就坚持自己买衣服。也仅仅对衣服有所坚持。晞晞没有回应伊纹，用手指绕着发梢玩。伊纹泡好两杯茶，倒了一杯果汁，说："抱歉，我先生出差去日本了，没能好好招待你们。"晞晞在椅子上转来转去，对客厅的陈设感到不耐烦，对文化不耐烦。

李国华开始大谈客厅的陈设。话语本能地在美女面前膨胀，像阳具一样。二十多岁的女人也不是完全不可以。他伸出指头指着书架上一座玉雕观音，食指也兴致勃勃的样子。玉观音一望即知原石是上好的，一点不浊，青翠有光。观音右脚盘着，左脚荡下去，荡下去的脚跷着肥厚的拇指，拇指上有指甲的框。"啊，那个姿势的观音，就叫作随意观音，观世音菩萨就是观自在菩萨，观是观察，世是世间，音是音声，就是一个善男子看见世间有情的意思。随意，自在，如来，这些，你读文学的应该可以领会。有趣的是，东方喜欢成熟丰满的形象，在西方就是童男童女，否则就是像耶稣一样，一出生就已经长全了。”晞晞枯着脖子，吸了一口果汁，转头对爸妈恶声说：“你们明知道我不喜欢柳橙汁。”伊纹知道晞晞的意思是她不喜欢听这些。她惊醒一样，去冰箱翻找，问：“那葡萄汁可以吗？”晞晞没有回答。

李国华继续扫视。好多西洋美术，不懂。不讲，就没人知道不懂。“啊，壁炉上小小的那幅，不会是真迹吧？八大山人的真迹我是第一次见到，你看那鸡的眼睛，八大山人画眼睛都仅仅是一个圈里一个点，世人要到了二十一世纪才明白，这比许多工笔画都来得逼真，你看现在苏富比的拍卖价，所以我说观察的本事嘛！你们钱先生那么忙，哎呀，要是我是这屋子的主人多好。”李国华看进去伊纹的眼睛，“我是美的东西都一定要拥有的。”李国华心想，才一杯，亢成这样，不是因为茶。反正她安全，钱家是绝对不能惹的。而且过几年她就要三十了？晞晞突然口气里有螺丝钉：“葡萄汁也不喜欢。浓缩还原的果汁都不喜欢。”师母说：“嘘！”伊纹开始感觉到太阳穴在跳，开始期待傍晚思琪怡婷来找她了。

李国华一家走之后，伊纹感觉满屋子的艺术品散发的不是年代的色香味而是拍卖场的古龙水。不喜欢李老师这人，不好讨厌邻居，只能说真希望能不喜欢这人。啊，听起来多痴情，像电影里的，我真希望能戒掉你。伊纹想想笑了，笑出声来发现自己疯疯傻傻的。晞晞倒不只是不懂事，是连装懂都懒，那么好看的小女孩，长长的睫毛包围大眼睛，头发比瀑布还漂亮。

手轻轻拂过去，搪瓷摸起来仿佛摸得到里面的金属底子，摸得牙齿发酸；琉璃摸起来像小时候磨钝的金鱼缸口；粗陶像刚出生皱皱的婴孩。这些小玩意儿，无论是人形，是兽，是符号，或干脆是神，都眼睁睁看她被打。就是观世音也不帮她。真丝摸起来滑溜，像早起的鼻涕，一维到现在还是过敏儿。玉器摸起来，就是一维。

不知道思琪怡婷，两个那么讨厌被教训的小女生竟会喜欢李老师。好端端的漂亮东西被他讲成文化的舍利子。还是教书的人放不下。其实无知也很好。等等陪孩子们念书。接着一维下班又要找我。

有一回李国华下了课回家，抢进电梯，有两个穿中学制服的小女孩脖子抵在电梯里的金扶手上，她们随着渐开的金色电梯门敛起笑容。李国华把书包往后甩，屈着身体，说：“你们谁是怡婷，谁是思琪呢？”“你怎么知道我们叫什么名字？”怡婷先发问，急吼吼的。平时，因为上了中学，思琪常常收到早餐、饮料，她们本能地防备男性。可是眼前的人，年纪似乎已经过了需要守备的界线。两人遂大胆起来。思琪说：“无论你在背后喊刘怡婷或房思琪，我都会回头的。”李国华知道自己被判定是安全的，第一次感谢岁月。在她们脸上看见楼上两位女主人面貌的痕迹，知道了答案。房思琪有一张初生小羊的脸。他直起身子：“我是刚刚搬来的李老师，就住你们楼下，刚好我教语文，需要书可以来借。”对。尽量轻描淡写。一种晚明的文体。咳嗽。展示自己的老态。这大楼电梯怎么这么快。伸出手，她们顿了一顿，轮流跟他握手。她们脸上养着的笑意又醒过来，五官站在微笑的悬崖，再一步就要跌出声来。出电梯门，李国华心想是不是走太远了。他不碰有钱人家的小孩，因为麻烦。而且看看刘怡婷那张麻脸，她们说不定爱的是彼此。但是她们握手时的表情……光是她们的书架，就在宣告着想被当大人看待。软得像奶母的手心。鹌鹑蛋的手心。诗眼的手心。也许走对了不一定。

周末她们就被领着来拜访。换下制服裙，怡婷穿裤子而思琪穿裙子，很象征性的打扮。进门换上拖鞋的一刹那思琪红了脸，啊，我这双鞋不穿袜子。在她蜷起脚指头的时候，李国华看见她的脚指甲透出粉红色，光滟滟外亦有一种羞意。那不只是风景为废墟羞惭，风景也为自己羞惭。房妈妈在后面说叫老师，她们齐声喊了老师，“老师”两个字里没有一点老师的意思。刘妈妈道歉，说她俩顽皮。李国华心想，“顽皮”这词多美妙，没有一个超过十四岁的人穿得进去。刘妈妈房妈妈走之前要她们别忘记说，请，谢谢，对不起。

她们倒很有耐心陪晞晞。晞晞才小她们两岁，相较之下却像文盲，又要强，念图文书念得粗声大气，没仔细听还以为是电视机里有小太监在宣圣旨。晞晞念得吃力，思琪正要跟她解释一个字，她马上抛下书，大喊：“爸爸是白痴！”而李国华只看见大开本故事书啪地夹起来的时候，夹出了风，掀开了思琪的刘海。他知道小女生的刘海比裙子还不能掀。那一瞬间，思琪的刘海往上飞蒸，就好像她从高处掉下来。长脖颈托住蛋形脸，整个的脸露出来，额头光饱饱地像一个小婴儿的奶嗝。李国华觉得这一幕就好像故事书里的小精灵理解他，帮他出这一口气。她们带着惊愕看向晞晞的背影，再转向他。而他只希望自己此刻看起来不要比老更老。思琪她们很久之后才会明白，李老师是故意任晞晞笨的，因为他最清楚，识字多的人会做出什么样的事。

李老师软音软语对她们说："不然，我有诺贝尔文学奖全集？"这一幕晞晞正好。诺贝尔也正好。扮演好一个期待女儿的爱的父亲角色。一个偶尔泄露出灵魂的教书匠，一个流浪到人生的中年还等不到理解的语文老师角色。一整面墙的原典标榜他的学问，一面课本标榜孤独，一面小说等于灵魂。没有一定要上过他的课。没有一定要谁家的女儿。

李国华站在补习班的讲台上，面对一片发旋的海洋。抄完笔记抬起脸的学生，就像是游泳的人在换气。他在长长的黑板前来往，就像是在画一幅中国传统长长拖拉开来的横幅山水画。他住在他自己制造出来的风景里。升学考试的压力是多么奇妙！生活中只有学校和补习班的一女中学生，把压力揉碎了，化成情书，装在香喷喷的粉色信封里。其中有一些女孩是多么丑！羞赧的红潮如疹，粗手平伸，直到极限，如张弓待发，把手上的信封射给他。多么丑，就算不用强来他也懒得。可是正是这些丑女孩，充实了他的秘密公寓里那口装学生情书的纸箱。被他带去公寓的美丽女孩们都醉倒在粉色信封之海里。她们再美也没收过那么多。有的看过纸箱便听话许多。有的，即使不听话，他也愿意相信她们因此而甘心一些。

一个女孩从凌晨一点熬到两点要赢过隔壁的同学，隔壁的同学又从两点熬到三点要赢过她。一个丑女孩拼着要赢过几万考生，夜灯比正午太阳还热烈，高压之下，对无忧的学生生涯的乡愁、对幸福蓝图的妄想，全都移情到李老师身上。她们在交换改考卷的空当讨论到他，说多亏李老师才爱上语文，不自觉这句话的本质是，多亏语文考试，李老师才有人爱。不自觉期待去补习的情绪中性的成分。不自觉她们的欲望其实是绝望。幸亏他的高鼻梁。幸亏他说笑话亦庄。幸亏他写板书亦谐。要在一年十几万考生之中争出头的志愿，一年十几万考生累加起来的志愿，化作秀丽的笔迹刻在信纸上，秀丽之外，撇捺的尾巴战栗着欲望。一整口的纸箱，那是多么庞大的生之呐喊！那些女孩若有她们笔迹的一半美便足矣。

他把如此庞大的欲望射进美丽的女孩里面，把整个台式升学主义的惨痛、残酷与不仁射进去，把一个挑灯夜战的夜晚的意志乘以一年三百六十五天，再乘以一个丑女孩要胜过的十几万人，通通射进美丽女孩的里面。壮丽的高潮，史诗的诱奸。伟大的升学主义。

补习班的学生至少也十六岁，早已经跳下洛丽塔之岛。房思琪才十二三岁，还在岛上骑树干，被海浪舔个满怀。他不碰有钱人家的小孩，天知道有钱人要对付他会多麻烦。一个搪瓷娃娃女孩，没有人故意把她砸下地是绝不会破的。跟她谈一场恋爱也很好，这跟帮助学生考上第一志愿不一样，这才是真真实实地改变一个人的人生。这跟用买的又不一样，一个女孩第一次见到阳具，为其丑陋的血筋哑笑，为自己竟容纳得下其粗暴而狗哭，上半脸是哭而下半脸是笑，哭笑不得的表情。辛辛苦苦顶开她的膝盖，还来不及看一眼小裤上的小蝴蝶结，停在肚脐眼下方的小蝴蝶，真的，只是为了那个哭笑不得的表情。求什么？求不得的又是什么？房思琪的书架就是她想要跳下洛丽塔之岛却被海给吐回沙滩的记录簿。

洛丽塔之岛，他问津问渡未果的神秘之岛。奶与蜜的国度，奶是她的胸乳，蜜是她的体液。趁她还在岛上的时候造访她，右手食指、中指呈人字，走进她的阴道。把她压在诺贝尔奖全集上，压到诺贝尔都为之震动。告诉她，她是他混沌的中年一个莹白的希望，先让她粉碎在话语里，中学男生还不懂的词汇之海里，让她在话语里感到长大，再让她的灵魂欺骗她的身体。她，一个满口难字生词的中学生，把她的制服裙推到腰际，蝴蝶赶到脚踝，告诉她有他在后面推着，她的身体就可以赶上灵魂。楼上的邻居，最危险的地方就是最安全的地方。一个搪瓷娃娃女孩。一个比处女还要处的女孩。他真想知道这个房思琪是怎么哭笑不得，否则这一切就像他搜罗了清朝妃子的步摇却缺一支皇后的步摇一样。

李国华第一次在电梯里见到思琪，金色的电梯门框一开，就像一幅新裱好框的图画。讲话的时候，思琪闲散地把太阳穴磕在镜子上，也并不望镜子研究自己的容貌，多么坦荡。镜子里她的脸颊是明黄色，像他搜集的龙袍，只有帝王可以用的颜色，天生贵重的颜色。也或者是她还不知道美的毁灭性。就像她学号下隐约有粉红色胸罩的边沿，那边沿是连一点蕾丝花都没有，一件无知的青少女胸罩！连圆滑的钢圈都没有！白袜在她的白脚上都显得白得庸俗。方求白时嫌雪黑。下一句忘记了，无所谓，反正不在教育部门颁布的那几十篇必读里。

那时候即将入秋，煞人的秋天。李国华一个礼拜有四天在南部，三天在台北。一天，李国华和几个同补习班、志同道合的老师上猫空小酌。山上人少，好说话。英文老师问物理老师："你还是那个想当歌星的？几年了？太厉害了，维持这么久，这样跟回家找老婆有什么不一样？"其他两个人笑了。物理老师无限慈祥地笑了，口吻像在说自己的女儿："她说唱歌太难，现在在当模特儿。""会出现在电视里吗？"物理老师摘下眼镜，擦拭鼻垫上的油汗，眼神茫然，显得很谦逊，他说："拍过一支广告。"其他三个人简直要鼓掌，称许物理老师的勇气。李老师问："你就不怕别人觊觎？"物理老师似乎要永久地擦眼镜下去，没有回答。数学老师开口了："我已经上过三个仪队队长了，再一个就大满贯了。"干杯。为所有在健康教育的课堂上勤抄笔记却没有一点性常识的少女干杯。为他们插进了联考的巨大空虚干杯。

英文老师说："我就是来者不拒，我不懂你们在坚持什么，你们比她们自己还矜持。"李老师说："你这叫玩家，玩久了发现最丑的女人也有最浪最风情的一面，我没有那个爱心。"又羞涩地看着杯底，补了一句，"而且我喜欢谈恋爱的游戏。"英文老师问："可是你心里没有爱又要演，不是很累吗？"

李国华在思考。数了几个女生，他发现奸污一个崇拜你的小女生是让她离不开他最快的途径。而且她愈黏甩了她愈痛。他喜欢在一个女生面前练习对未来下一个女生的甜言蜜语，这种永生感很美，而且有一种环保的感觉。甩出去的时候给他的离心力更美，像电影里女主角捧着摄影机在雪地里旋转的一幕，女主角的脸大大地堵在镜头前，背景变成风景，一个四方的小院子被拖拉成高速铁路直条条闪过去的窗景，空间硬生生被拉成时间，血肉模糊的。真美。很难向英文老师解释，他太有爱心了。英文老师不会明白李国华第一次听说有女生自杀时那歌舞升平的感觉——心里头《清平调》的海啸。对一个男人最高的恭维就是为他自杀。他懒得想为了他和因为他之间的差别。

数学老师问李老师："你还是那个台北的高二生吗？还是高三？"李老师嘴巴没有，可是鼻孔叹了气："有点疲乏了，可是你知道，新学年还没开始，没有新的学生，我只好继续。"物理老师不知道什么时候戴上的眼镜，突然抬高音量，自言自语似的："那天我是和我太太一起在看电视，她也不早点跟我讲广告要播了。"其他人的手掌如落叶纷纷，拍打他的肩膀。干杯。敬从电视机跳进客厅的第三者。敬从小旅馆出来回到家还能开着灯跟老婆行房的先生。敬开学。英文老师同时对物理老师和李老师说："我看你们比她们还贞节，我不懂为什么一定要等新一批学生进来。"

外头的缆车索斜斜划破云层，缆车很远，显得很小，靠近他们的窗子的缆车车厢子徐徐上爬，另一边的缓缓下降，像一串稀松的佛珠被拨数的样子。李国华心里突然播起《清平调》——"云想衣裳花想容"。台湾的树木要入秋了还是忒繁荣。看着云朵竟想到房思琪。可是想到的不是衣裳，是思琪头一次拜访他家时，她说："妈妈不让我喝咖啡，可是我会泡。"这句话想想也很有深意。思琪伸长了手拿橱柜顶端的磨豆机，上衣和下裳之间露出好一大截坦白的腰腹。细白得像绿格子作文纸上先跳过待写的一个生词，在交卷之后才想起终究是忘记写，那么大一截空白，改卷子的老师也不知道学生原本想说的是什么。终于拿到了之后，思琪的上衣如舞台布幕降下来，她没有抬头看他一眼，可是磨咖啡豆的脸红红的。后来再去拜访，磨豆机就在流理台上，无须伸手。可是她伸手去拿磨豆机时的脸比上次更红了。

最终让李国华决心走这一步的是房思琪的自尊心。一个如此精致的小孩是不会说出去的，因为这太脏了。自尊心往往是一根伤人伤己的针，但是在这里，自尊心会缝起她的嘴。李国华现在只缺少一个缜密的计划。房爸爸房妈妈听说老出差。也许最困难的是那个刘怡婷。把连体婴切开的时候，重要的脏器只有一副，不知道该派给谁。现在只希望她自珍自重到连刘怡婷也不告诉。结果，李国华的计划还没酿好，就有人整瓶给他送来了。

十楼的张太太在世界上最担心的就是女儿的婚事。女儿刚过三十五岁，三十五了也没有稳定的对象，生日蛋糕上的蜡烛也恹恹的。张太太本姓李，跟张先生学生时期一起吃过好些苦，后来张先生发迹了，她自己有一种糟糠的心情。张先生其实始终如一，刚毕业时都把汤里的料捞起来给张太太吃，那时张太太还是李小姐，现在张太太是张太太了，张先生出去应酬还是把好吃的包回家给太太。酒友笑张先生老派，张先生也只是笑笑说："给千水吃才对得起你们请我吃这么好的菜啊。"张先生对女儿的恋爱倒不急，虽然女儿遗传了妈妈不扬的容貌，也遗传到妈妈的自卑癖。张先生看女儿，觉得很可爱。

从前一维迟迟没结婚，老钱先生喝多了，也常常大声对张先生说："不如就你家张小姐吧。"张太太一面双手举杯说哪里配得上，一面回家就对张先生说："钱一维打跑几个女朋友我不是不知道，今天就是穷死也不让婉如嫁过去。"张婉如在旁边听见了，也并不觉得妈妈在维护她，只隐约觉得悲惨。在电梯里遇见钱一维，那沉默的空气可以扼死人。钱一维倒很自在，像是从未听说彼此的老父老母开他俩玩笑，更像是完完全全把这当成玩笑。婉如更气了。

张婉如过三十五岁生日前一阵子，张妈妈的表情就像世界末日在倒数。张妈妈上菜，汤是美白的薏仁山药汤，肉炒的是消水肿的毛豆，甜点是补血气的紫米。婉如只是举到眼前咕嘟咕嘟灌，厚眼镜片被热汤翳上阴云，看不清楚是生气还是悲伤。或者什么都没有。

婉如生日过没多久，就对家人宣布在新加坡出差时交上了男朋友。男朋友是华侨，每次讲中文的时候都让思琪她们想起辛香料和猪笼草的味道。长得也辛香，高眉骨深眼窝，划下去的人中和翘起来的上唇。怎么算都算好看。而且和婉如姐姐一样会念书，是她之前在美国念硕士时的学长。听说聘金有一整个木盒，还是美钞。又会说话，男朋友说："我和婉如都学财经，婉如是无价的，这只是我的心意。"思琪她们不知道婉如姐姐的新郎的名字，只唤他作男朋友。后来有十几年，刘怡婷都听见张太太在讲，"你不要看我们婉如安安静静的，真的要说还是她挑人，不是别人挑她"。也常常讲起那口木盒打开来绿油油，比草地还绿。

婉如结婚搬去新加坡以后，张太太逢人就讲为晚辈担心婚事而婚事竟成的快感。很快地把伊纹介绍给一维。

一回，张太太在电梯遇到李国华，劈头就讲："李老师，真可惜你没看见我们婉如，你不要看她安安静静的，喜欢她的男人哪一个不是一流。”又压低声音说，“以前老钱还一直要我把婉如嫁给一维哩。”“是吗？”李国华马上浮现伊纹的模样，她在流理台时趿着拖鞋，脚后跟皮肉捏起来贴着骨头的那地方粉红粉红的，小腿肚上有蚊子的叮痕，也粉红粉红的。“为什么不呢？我家婉如要强，一维适合听话的女人，伊纹还一天到晚帮邻居当保姆呢。”“谁家小孩？”“不就是刘先生、房先生他们的女儿吗，七楼的。”李国华一听，前所未有地感到自己腹股间的骚动如此灵光。张太太继续讲：“我就不懂小孩子读文学要干什么，啊李老师，你也不像风花雪月的人，像我们婉如和她丈夫都是念商，我说念商才有用嘛。”李国华什么也没听见，只是望进张太太的阔嘴，深深点头。那点头全是心有旁骛的人所特有的乖顺。那眼神是一个人要向心中最污潦的感性告白时，在他人面前所特有的清澈眼神。

思琪她们一下课就回伊纹家。伊纹早已备好咸点、甜点和果汁，虽说是备好，她们到的时候点心还总是热的。伊纹今天给她们看张艺谋导的《活着》。视听室的大银幕如圣旨滚开，垂下来，投影机嗡嗡作响。为了表示庄重，也并不像前几次看电影，给她们爆米花。三个人窝在皮沙发里，小牛皮沙发软得像阳光。伊纹先说了，可不要只旁观他人之痛苦，好吗？她们两个说“好”，背离开了沙发背，坐直了。电影没演几幕，演到福贵给人从赌场背回家，伊纹低声向她们说：“我爷爷小时候也是给人家背上学的，其他小孩子都走路，他觉得丢脸，每次都跑让背他的那人追。”然后三个人都不说话了。

福贵的太太家珍说道：“我什么都不图，图的就跟你过个安生日子。”思琪她们斜眼发现伊纹姐姐用袖口擦眼泪。她们同时想到：秋天迟到了，天气还那么热，才吹电风扇，为什么伊纹姐姐要穿高领长袖？又被电影里的皮影戏拉回去。不用转过去，她们也知道伊纹姐姐还在哭。一串门铃声捅破电影里的皮影戏布幕，再捅破垂下来的大银幕。伊纹没听见。生活里有电影，电影里有戏剧。生活里也有戏剧。思琪怡婷不敢转过去告诉伊纹。第三串门铃声落下来的时候，伊纹像被“铃”字击中，才惊醒，按了按脸颊就匆匆跑出视听室。临走不忘跟她们说：“不用等我，我看过好多遍了。”

伊纹姐姐的两只眼睛各带有一条垂直的泪痕湿湿爬下脸颊，在黑暗中映着电影的光彩，像游乐园卖的加了色素的棒棒糖，泪痕插进伊纹姐姐霓虹的眼睛里。

又演了一幕，思琪她们的心思已经难以留在电影上，但也不好在人家家里议论她。两个人眼睛看着银幕，感到全新的呆钝。那是聪明的人在遇到解不开的事情时自觉加倍的呆钝。美丽、坚强、勇敢的伊纹姐姐。突然，门被打开了，外头的黄色灯光投进漆黑的视听室，两个人马上看出来人是李老师。李老师背着一身的光，只看得见他的头发边沿和衣服的毛絮被灯光照成铂色的轮廓，还有胁下金沙的电风扇扇风，他的面目被埋在阴影里看不清楚，像壁画里一个不可以有面目的大天使，轮廓茸茸走过来。伊纹姐姐很快也走进来，蹲在她们面前，眼泪已经干了，五官被投影机照得五颜六色、亮堂堂的。伊纹姐姐说："老师来看你们。"

李国华说："刚好手上有多的参考书，就想到你们，你们不比别人，现在给你们写高中参考书还嫌晚了，只希望你们不嫌弃。"思琪怡婷马上说不会。觉得李老师把她们从她们的女神就在旁边形象崩溃所带来的惊愕之中拯救出来。她们同时产生很自私的想法。第一次看见伊纹姐姐哭，那比伊纹在她们面前排泄还自我亵渎。眼泪流下来，就像是伊纹脸上拉开了拉链，让她们看见金玉里的败絮。是李老师在世界的邪恶面整个掏吐出来、沿着缝隙里外翻面之际，把她们捞上来。伊纹哭，跟她们同学迷恋的偶像吸毒是一样的。她们这时又要当小孩。

李国华说："我有一个想法，你们一人一周交一篇作文给我好不好？当然是说我在高雄的时间。"思琪她们马上答应了。"明天就开始。那我隔周改好之后，一起检讨好不好？当然我不会收你们钟点费，我一个钟点也是好几万的。"伊纹意识到这是个笑话，跟着笑了，但笑容中有一种迷路的表情，"题目就……最近我给学生写诚实，就诚实吧。约好了哦，你们不会想要写我的梦想、我的志愿那种题目吧，愈是'我的'题目，学生写起来愈不像自己。"她们想，老师真幽默。伊纹的笑容收起来了，但是迷路的神色搁浅在眉眼上。

伊纹不喜欢李国华这人，不喜欢他整个砸破她和思琪怡婷的时光。而且伊纹一开始以为他老盯着她看，是跟其他男人一样，小资阶级去问无菜单料理店的菜单，那种看看也好的贪馋。但是她总觉得怪怪的，李国华的眼睛里有一种研究的意味。很久以后，伊纹才会知道，李国华想要在她脸上预习思琪将来的表情。“你们要乖乖交哦，我对女儿都没有这么大方。”她们心想，老师真幽默，老师真好。后来刘怡婷一直没有办法把《活着》看完。

思琪她们每周各交一篇作文给李国华。没有几次，李国华就笑说四个人在一起都是闲聊，很难认真检讨，不如一天思琪来他家，一天怡婷，在她们放学而他补习班还没开始上课的空当。伊纹在旁边听了也只是漠然，总不好跟邻居抢另一个邻居。这样一来，一周就少了两天见到她们——喂伤痕累累的她以精神食粮的，她可爱的小女人们。

思琪是这样写诚实的：“我为数不多的美德之一就是诚实，享受诚实，也享受诚实之后带给我对生命不可告人的亲密与自满。诚实的真意就是：只要向妈妈坦承，打破了花瓶也可以骄傲。”怡婷写：“诚实是一封见不得人的情书，压藏在枕头下面，却无意识露出一个信封的直角，像是在引诱人把它抽出来偷看。”房思琪果然是太有自尊心了。李国华的红墨水笔高兴得忘记动摇，停在作文纸上，留下一颗大红渍。刘怡婷写得也很好。她们两个人分别写的作文简直像换句话说。但是那不重要。

就是有那么一天，思琪觉得老师讲解的样子特别快乐，话题从作文移到餐厅上，手也自然地随着话题的移动移到她手上。她马上红了脸，忍住要不红，遂加倍红了。蓝笔颤抖着跌到桌下，她趴下去捡，抬起头来看见书房的黄光照得老师的笑油油的。她看老师搓着手，鹅金色的动作，她心里直怕，因为她可以想象自己被流萤似的灯光扑在身上会是什么样子。从来没把老师当成男性。从不知道老师把她当成女性。老师开口了：“你拿我刚刚讲的那本书下来。”思琪第一次发现老师的声音跟颜楷一样筋肉分明，捺在她身上。

她伸手踮脚去拿，李国华马上起身，走到她后面，用身体、双手和书墙包围她。他的手从书架高处滑下来，打落她停在书脊上的手，滑行着圈住她的腰，突然束紧，她没有一点空隙寸断在他身上，头顶可以感觉他的鼻息湿湿的像外面的天空，也可以感觉到他下身也有心脏在搏动。他用若无其事的口气：“听怡婷说你们很喜欢我啊。”因为太近了，所以怡婷这句话的原意全两样了。

一个撕开她的衣服比撕开她本人更痛的小女孩。啊，笋的大腿，冰花的屁股，只为了换洗不为了取悦的、素面的小内裤，内裤上停在肚脐正下方的小蝴蝶。这一切都白得跟纸一样，等待他涂鸦。思琪的嘴在嚅动：不要，不要，不要，不要。她跟怡婷遇到困难时的唇语信号，在他看来就是：婊，婊，婊，婊。他把她转过来，掬起她的脸，说：“不行的话，嘴巴可以吧。”他脸上挂着被杀价而招架无力后，搬出了最低价的店小二委屈表情。思琪出声说：“不行，我不会。”掏出来，在她的犊羊脸为眼前血筋暴露的东西害怕得张大了五官的一瞬间，插进去。暖红如洞房的口腔，串珠门帘般刺刺的小牙齿。她欲呕的时候喉咙拧起来，他的声音喷发出来：“啊，我的老天爷啊。”刘怡婷后来会在思琪的日记里读到：“我的老天爷，多不自然的一句话，像是从英文硬生生翻过来的。像他硬生生把我翻面。”

隔周思琪还是下楼。她看见书桌上根本没有上周交的作文和红蓝笔。她的心跟桌面一样荒凉。他正在洗澡，她把自己端在沙发上。听他淋浴，那声音像坏掉的电视机。他把她折断了扛在肩膀上。捻开她制服上衣一颗颗纽扣，像生日时吹灭一支支蜡烛，他只想许愿却没有愿望，而她整个人熄灭了。制服衣裙踢到床下。她看着衣裳的表情，就好像被踢下去的是她。他的胡茬磨红、磨肿了她的皮肤，他说："我是狮子，要在自己的领土留下痕迹。"她马上想着一定要写下来，他说话怎么那么俗。不是她爱慕文字，不想想别的，实在太痛苦了。

她脑中开始自动生产譬喻句子。眼睛渐渐习惯了窗帘别起来的卧室，窗帘缝隙漏进些些微光。隔着他，她看着天花板像溪舟上下起伏。那一瞬间像穿破了小时候的洋装。想看进他的眼睛，像试图立在行驶中的火车，两节车厢连接处，那蠕动肠道写生一样，不可能。枝状水晶灯围成圆形，怎么数都数不清有几支，绕个没完。他绕个没完。生命绕个没完。他趴在她身上狗嚎的时候，她确确实实感觉到心里有什么被他捅死了。在她能够知道那个什么是什么之前就被捅死了。他撑着手，看着她静静地让眼泪流到枕头上，她湿湿的羊脸像新浴过的样子。

李国华躺在床上，心里猫舔一样轻轻地想，她连哭都没有哭出声，被人奸了还不出声，贱人。小小的小小的贱人。思琪走近她的衣服，蹲下来，脸埋在衣裙里。哭了两分钟，头也没有回过去，咬牙切齿地说："不要看我穿衣服。"李国华把头枕在手上，射精后的倦怠之旷野竟有欲望的芽。不看，也看得到她红苹果皮的嘴唇、苹果肉的乳、杏仁乳头、无花果的隐秘所在。中医里健脾、润肠、开胃的无花果。为他的搜藏品下修年代的一个无花果。一个觉得处女膜比断手断脚还难复原的小女孩，放逐他的欲望，钓在杆上引诱他的欲望走得更远的无花果。她的无花果通向禁忌的深处。她就是无花果。她就是禁忌。

她的背影就像是在说她听不懂他的语言一样，就像她看着湿黏的内裤要不认识了一样。她穿好衣服，抱着自己，钉在地上不动。

李国华对着天花板说："这是老师爱你的方式，你懂吗？你不要生我的气，你是读过书的人，应该知道美丽是不属于它自己的。你那么美，但总也不可能属于全部的人，那只好属于我了。你知道吗，你是我的。你喜欢老师，老师喜欢你，我们没有做不对的事情。这是两个互相喜欢的人能做的最极致的事情，你不可以生我的气。你不知道我花了多大的勇气才走到这一步。第一次见到你，我就知道你是我命中注定的小天使。你知道我读你的作文，你说：‘在爱里，我时常看见天堂。这个天堂有涮着白金色鬃毛的马匹成对地亲吻，一点点的土腥气蒸上来。’我从不背学生的作文，但是刚刚我真的在你身上尝到了天堂。一面拿着红笔我一面看见你咬着笔杆写下这句话的样子。你为什么就不离开我的脑子呢？你可以责备我走太远。你可以责备我做太过。但是你能责备我的爱吗？你能责备自己的美吗？更何况，再过几天就是教师节了，你是全世界最好的教师节礼物。”

她听不听得进去无所谓，李国华觉得自己讲得很好。平时讲课的效果出来了。他知道她下礼拜还是会到。下下个礼拜亦然。

思琪当天晚上在离家不远的大马路上醒了过来。正下着滂沱大雨，她的制服衣裙湿透，薄布料紧抱身体，长头发服了脸颊。站在马路中央，车头灯来回笞杖她。可是她不知道自己什么时候出的门，去了哪里，又做了些什么。她以为她从李老师那儿出来就回了家。或者说，李老师从她那儿出来。

那是房思琪第一次失去片段记忆。

那天放学，思琪她们又回伊纹一维家听书。伊纹姐姐最近老是恹恹的，色香味俱全的马尔克斯被她念得五蕴俱散。一个段落了，伊纹跟她们讲排泄排遗在马尔克斯作品中的象征意义。伊纹说：“所以说，屎在马尔克斯的作品里，常常可以象征生活中每天都要面对的荒芜感，也就是说，排泄排遗让角色从生活中的荒芜见识到生命的荒芜。”怡婷突然说：“我现在每天都好期待去李老师家。”那仿佛是说在伊纹这里只是路过，仿佛是五天伊纹沾一天李老师的光。怡婷一出口马上知道说了不该说的话。但伊纹姐姐只说：“是吗？”继续讲马尔克斯作品里的尿与屎，可是口气与方才全两样了，伊纹姐姐现在听上去就像她也身处在马尔克斯的作品里便秘蹲厕所一样。思琪也像便秘一样涨红了脸。怡婷的无知真是残酷的。可也不能怪她。没有人骑在她身上打她。没有人骑在她身上而比打她更令她难受。她们那时候已经知道了伊纹姐姐的长袖是什么意思。思琪讨厌怡婷那种为了要安慰而对伊纹姐姐加倍亲热的神色，讨厌她完好如初。

思琪她们走之后，许伊纹把自己关在厕所，扭开水龙头，脸埋在掌心里直哭。连孩子们都可怜我。水龙头哗啦哗啦响，哭了很久，伊纹看见指缝间泄漏进来的灯光把婚戒照得一闪一闪的。像一维笑眯眯的眼睛。

喜欢一维笑眯眯。喜欢一维看到粉红色的东西就买给她，从粉红色的铅笔到粉红色的跑车。喜欢在视听室看电影的时候一维抱着家庭号的冰激凌就吃起来，用手拍了拍自己的肩窝说这是你的座位。喜欢一维一款上衣买七种颜色。喜欢一维用五种语言说“我爱你”。喜欢一维跟空气跳华尔兹。喜欢一维闭上眼睛摸她的脸说要把她背起来。喜欢一维抬起头问她一个“国”字怎么写，再把她在空中比画的手指拿过去含在嘴里。喜欢一维快乐。喜欢一维。可是，一维把她打得多惨啊！

每天思琪洗澡都把手指伸进下身。痛。那么窄的地方，不知道他怎么进去的。有一天，她又把手伸进去的时候，顿悟到自己在干什么：不只是他戳破我的童年，我也可以戳破自己的童年。不只是他要，我也可以要。如果我先把自己丢弃了，那他就不能再丢弃一次。反正我们原来就说爱老师，你爱的人要对你做什么都可以，不是吗？

什么是真的？什么又是假的？说不定真与假不是相对，说不定世界上存在绝对的假。她被捅破、被插烂、被刺杀。但老师说爱她，如果她也爱老师，那就是爱。做爱。美美地做一场永夜的爱。她记得她有另一种未来，但是此刻的她是从前的她的赝品。没有本来真品的一个赝品。愤怒的五言绝句可以永远扩写下去，成为上了千字还停不下来的哀艳古诗。老师关门之际把食指放在嘴唇上，说：“嘘，这是我们的秘密哦。”她现在还感觉到那食指在她的身体里既像一个摇杆也像马达。遥控她，宰制她，快乐地咬下她的宿痣。邪恶是如此平庸，而平庸是如此容易。爱老师不难。

人生不能重来，这句话的意思，当然不是把握当下。老师的痣浮在那里，头发染了就可以永远黑下去，人生不能重来的意思是，早在她还不是赝品的时候就已经是赝品了。她用绒毛娃娃和怡婷打架，围着躺在湿棉花上的绿豆跳长高舞，把钢琴当成凶恶的钢琴老师，怡婷恨恨地捶打低音的一端，而她捶打出高音，在转骨的中药汤里看彼此的倒影，幻想汤里有独角兽角和凤凰尾羽，人生无法重来的意思是这一切都只是为了日后能更快学会在不弄痛老师的情况下帮他摇出来。意思是人只能一活，却可以常死。这些天，她的思绪疯狂追猎她，而她此刻像一只小动物在畋猎中被树枝拉住，逃杀中终于可以松懈，有个借口不再求生。大彻大悟。大喜大悲。思琪在浴室快乐地笑出声音，笑着笑着，笑出眼泪，遂哭起来了。

还不到惯常的作文日，李国华就去按房家的门铃。思琪正趴在桌上吃点心，房妈妈把李国华引进客厅的时候，思琪抬起头，眼睛里没有眼神，只是盯着他看。他说，过道的小油画真美，想必是思琪画的。他给思琪送来了一本书。他跟房妈妈说："最近城市美术馆有很棒的展览，房先生房太太不知道有没有时间带思琪去？反正我是没缘了，我家晞晞不会想去。"房妈妈说："那刚好，不如老师你帮我们带思琪去吧，我们夫妻这两天忙。"李国华装出考虑的样子，然后用非常大方的口气答应了。房妈妈念思琪："还不说谢谢，还不去换衣服？"思琪异常字正腔圆地说了"谢谢"。

刚刚在饭桌上，思琪用面包涂奶油的口气对妈妈说："我们的家教好像什么都有，就是没有性教育。”妈妈诧异地看着她，回答：“什么性教育？性教育是给那些需要性的人。所谓教育不就是这样吗？”思琪一时间明白了，在这个故事中，父母将永远缺席，他们旷课了，却自以为是还没开学。

拿了老师的书就回房间。锁上房间门，背抵在门上，暴风一样翻页，在书末处发现了一张剪报。她的专注和人生都凝聚在这一张纸上，直见性命。剪的是一个小人像，大概是报纸影剧版剪下来的。一个黑长头发的漂亮女生。思琪发现自己在无声地笑。刘墉的书，夹着影剧版的女生。这人比我想的还要滑稽。

后来怡婷会在日记里读到：“如果不是刘墉和影剧版，或许我会甘愿一点。比如说，他可以用阔面大嘴的字，写阿伯拉写给哀绿绮思的那句话：‘你把我的安全毁灭了，你破坏了我哲学的勇气。’我讨厌的是他连俗都懒得掩饰，讨厌的是他跟中学男生没有两样，讨厌他以为我跟其他中学女生没有两样。刘墉和剪报本是不能收服我的。可惜来不及了。我已经脏了。脏有脏的快乐。要去想干净就太苦了。”

思琪埋在衣柜里千头万绪，可不能穿太漂亮了，总得留些给未来。又想，未来？她跪在一群小洋装间，觉得自己是柔波上一座岛。出门的时候房妈妈告诉思琪，老师在转角路口的便利商店等她，也没叮嘱她不要太晚回家。出了大楼才发现外面下着大雨，走到路口一定湿透了。算了。愈走，衣裙愈重，脚在鞋子里，像趿着造糟了的纸船。像拨开珠帘那样试着拨开雨线，看见路口停着一辆出租车，车顶有无数的雨滴溅开成琉璃皿。坐进后座的时候，先把脚伸在外面，鞋子里竟倒出两杯水。李国华倒是身上没有一点雨迹安坐在那里。

老师看上去是很喜欢她的模样的意思，微笑起来的皱纹也像马路上的水洼。李国华说："记得我跟你们讲过的中国人物画历史吧，你现在是曹衣带水，我就是吴带当风。"思琪快乐地说："我们隔了一个朝代啊。"他突然趴上前座的椅背，说："你看，彩虹。"而思琪往前看，只看到年轻的出租车司机透过后视镜看了他们一眼，眼神像钝钝的刀。他们之间的距离就像他们眼中各自的风景一样遥远。出租车直驶进小旅馆里。

李国华躺在床上，头枕在双手上。思琪早已穿好衣服，坐在地上玩旅馆地毯的长毛，顺过去摸是蓝色的，逆过来摸是黄色的，那么美的地毯，承载多少猥亵的记忆！她心疼地哭了。他说："我只是想找个有灵性的女生说说话。"她的鼻孔笑了："自欺欺人。"他又说："或许想写文章的孩子都该来场畸恋。"她又笑了："借口。"他说："当然要借口，不借口，你和我这些，就活不下去了，不是吗？"李国华心想，他喜欢她的羞恶之心，喜欢她身上冲不掉的伦理，如果这故事拍成电影，有个旁白，旁白会明白地讲出，她的羞耻心，正是他不知羞耻的快乐的渊薮。射进她幽深的教养里。用力揉她的羞耻心，揉成害羞的形状。

隔天思琪还是拿一篇作文下楼。后来李国华常常上楼邀思琪看展览。

怡婷很喜欢每周的作文日。单独跟李老师待在一起，听他讲文学人物的掌故，怡婷都有一种面对着满汉全席无下箸处的感觉。因为不想要独享老师的时间被打扰，根据同理心，怡婷也从未在思琪的作文日敲老师家的门。唯一打搅的一次，是房妈妈无论如何都要她送润喉的饮料下去给老师。天知道李国华需要润滑的是哪里。

老师应门的神色比平时还要温柔，脸上播报着一种歌舞升平的气象。思琪趴在桌上，猛地抬起头，定定地看着怡婷。怡婷马上注意到桌上没有纸笔。思琪有一种悲壮之色，无风的室内头发也毛糟糟的。李国华看了看思琪，又转头看了看怡婷，笑笑说：“思琪有什么事想告诉怡婷吗？”思琪咬定颤抖的嘴唇，最后只用唇语对怡婷说：“我没事。”怡婷用唇语回：“没事就好，我以为你生病了，小笨蛋。”李国华读不出她们的唇语，但是他对自己所做的事在思琪身上发酵的屈辱感有信心。

三个人围着桌坐下来，李国华笑笑说：“你一来我都忘记我们刚刚讲到哪里了。”他转过去，用慈祥的眼神看思琪。思琪说：“我也忘了。”三个人的聊天泛泛的。思琪心想，如果我长大了，开始化妆，在外头走一天，腮红下若有似无的浮油一定就是像现在这样的谈话，泛泛的。长大？化妆？思想伸出手就无力地垂下来。她有时候会怀疑自己前年教师节那时候就已经死了。思琪坐在李老师对面，他们之间的地板有一种心照不宣的快乐仿佛要破地萌出，她得用脚踩紧地面才行。

怡婷说道：“孔子和四科十哲也是同志之家啊。”李老师回她：“我可不能在课堂上这样讲，一定会有家长投诉。”怡婷不甘心地继续说：“一整个柏拉图学园也是同志之家啊。”“思琪？”听他们欢天喜地地说话，她突然发现满城遍地都是幸福，可是没有一个属于她。“思琪？”“哦！对不起，我没听见你们说什么。”思琪感觉脸都锈了，只有眼睛在发烧。李国华也看出来了，找了个借口温柔地把怡婷赶出去。

房思琪的快乐是老师把她的身体压榨出高音的快乐。快乐是老师喜欢看她在床上浪她就浪的快乐。佛说非非想之天，而她在非非爱之天，她的快乐是一个不是不爱的天堂。她不是不爱，当然也不是恨，也绝不是冷漠，她只是讨厌极了这一切。他给她什么，是为了再把它拿走。他拿走什么，是为了高情慷慨地还给她。一想到老师，房思琪便想到太阳和星星其实是一样的东西，她便快乐不已，痛苦不堪。李国华锁了门之后回来吮她的嘴：“你不是老问我爱不爱你吗？”房思琪拔出嘴以后，把铁汤匙拿起来含，那味道像有一夜她睡糊了整纸自己的铅笔稿——两年来没人看，没人改，她还是写的作文。

他剥了她的衣服，一面顶撞，一面说：“问啊！问我是不是爱你啊！问啊！”完了，李国华躺下来，优哉地闭上眼睛。思琪不知道什么时候又穿好了衣服，像是自言自语说道：“以前伊纹姐姐给我们念《百年孤独》，我只记得这句——‘如果他开始敲门，他就要一直敲下去。’”李国华应道：“我已经开门了。”思琪说：“我知道。我在说自己。”李国华脑海中浮现伊纹的音容，心里前所未有地平静，一点波澜没有。许伊纹美则美矣，他心里想，可自己从没有这么短时间里两次，还是年纪小的好。

一次怡婷的作文课结束，老师才刚出门，怡婷就上楼敲房家的门。思琪开的门，没有人在旁边，可是她们还是用她们的唇语。怡婷说：“我发现老师就是好看在目如愁胡。”“什么？”“目如愁胡。”“听不懂。”“哀愁的愁，胡人的胡。”思琪没接话。“你不觉得吗？”“我听不懂。”怡婷撕了笔记本写给思琪看：目如愁胡。“深目蛾眉，状如愁胡，你们还没教到这边吗？”怡婷盯着思琪看，眼中有胜利者的大度。“还没。”“老师好看在那一双哀愁的胡人眼睛，真的。你们可能下礼拜就教到了吧。”“可能吧，下礼拜。”

思琪她们整个中学生涯都有作文日陪着。作文日是枯燥、不停绕圈子的读书生活里的一面旗帜。对于怡婷来说，作文日是一个礼拜光辉灿烂的开始。对思琪而言，作文日是长长的白昼里一再闯进来的一个浓稠的黑夜。

刚过立秋，有一天，怡婷又在李国华那里，思琪跑来找伊纹姐姐。伊纹姐姐应门的眼睛汪汪有泪，像是摸黑行路久了，突然被阳光刺穿眼皮。伊纹看起来好意外，是寂寞惯的人突然需要讲话，却被语言落在后头的样子，那么幼稚、那么脆弱。第一次看见伊纹姐姐脸上有伤。思琪不知道，那是给一维的婚戒刮的。她们美丽、坚强、勇敢的伊纹姐姐。

两个人坐在客厅，一大一小，那么美、那么相像，像从俄罗斯娃娃里掏出另一个娃娃。伊纹打破沉默，皱出酒窝笑说：“今天我们来偷喝咖啡好不好？”思琪回：“我不知道姐姐家里有咖啡。”伊纹的酒窝出现一种老态：“妈妈不让我喝，琪琪亲爱的，你连我家里有什么没有什么都一清二楚，这下我要害怕了哦。”第一次听见伊纹姐姐用叠字唤她。思琪不知道伊纹想唤醒的是她或是自己的年轻。

伊纹姐姐开粉红色跑车载思琪，把敞篷降下来，从车上招呼着拂过去的空气清新得不像是这城市的空气。思琪发现她永远无法独自一人去发掘这个世界的优雅之处。初一的教师节以后她从未长大。李国华压在她身上，不要她长大。而且她对生命的上进心，对活着的热情，对存在原本圆睁的大眼睛，或无论叫它什么，被人从下面伸进她的身体，整个地捏爆了。不是虚无主义，不是道家的无，也不是佛教的无，是数学上的无。零分。伊纹在红灯的时候看见思琪脸上被风吹成横的泪痕。伊纹心想，啊，就像是我躺在床上流眼泪的样子。

伊纹姐姐开口了，声音里满是风沙，沙不是沙尘、沙石，在伊纹姐姐，沙就是金矿、金沙。“你要讲吗？”忍住没有再唤她琪琪，她刚刚那样叫思琪的时候就意识到是不是母性在作祟。沉默了两个绿灯、两个红灯，思琪说话了：“姐姐，对不起，我没有办法讲。”一整个积极的、建设的、怪手砂石车的城市围观她们。伊纹说：“不要对不起。该对不起的是我。我没有好到让你感觉可以无话不谈。”思琪哭得更凶了，眼泪重到连风也吹不横，她突然恶声起来：“姐姐你自己也从未跟我们说过你的心事！”一瞬间，伊纹姐姐的脸悲伤得像露出棉花的布娃娃，她说：“我懂了。的确有些事是没办法讲的。”思琪继续骂：“姐姐你的脸怎么会受伤！”伊纹慢慢地、一个字一个字地说：“跌倒了。说来说去，还是我自己太蠢。”思琪很震惊，她知道伊纹正在告诉她真相。伊纹姐姐掀开譬喻的衣服，露出譬喻丑陋的裸体。她知道伊纹知道她一听就会明白。脸上的刮伤就像是一种更深邃的泪痕。思琪觉得自己做了非常糟糕的事情。

思琪一面拗着自己的手指一面小声说话，刚刚好飘进伊纹姐姐的耳朵之后就会被风吹散的音量，她说：“姐姐，对不起。”伊纹用一只手维持方向盘，眼睛盯着前方，一只手抚摩她的头发，不用找也知道她的头的位置。伊纹说：“我们都不要说对不起了，该说对不起的不是我们。”车子停在商店街前面，以地价来看，每一间商店的脸都大得豪奢。跑车安全带把她们绑在座位上，如此安全，安全到心死。思琪说：“姐姐，我不知道决定要爱上一个人竟可以这么容易。”

伊纹看着她，望进她的眼睛，就像是望进一缸可鉴的静水，她解开安全带，抱住思琪，说：“我以前也不知道。我可怜的琪琪。”她们是一大一小的俄罗斯娃娃，她们都知道，如果一直剖开、掏下去，掏出最里面、最小的俄罗斯娃娃，会看见娃娃只有小指大，因为它太小，而画笔太粗，面目遂画得草率，哭泣般面目模糊了。

她们进去的不是咖啡厅，而是珠宝店。眯起眼睛四顾，满屋子亮晶晶的宝石就像是四壁的橱窗里都住着小精灵在眨眼睛。假手、假脖子也有一种童话之意。一个老太太坐在橱窗后面，穿着洋红色的针织洋装，这种让人说不清也记不得的颜色和质料，像是在说：我什么都可以，我什么都不是。洋红色太太看见伊纹姐姐，马上摘下眼镜，放下手边的宝石和放大镜，对伊纹说：“钱太太来了啊，我上去叫毛毛下来。”遂上楼了，动作之快，思琪连楼梯在哪里都看不出来。思琪发现老太太也没有先把桌上的宝石收起来。伊纹姐姐低声跟思琪说：“这是我们的秘密基地，这里有一台跟你一样大的冰滴咖啡机器哦。”

一个蓝色的身影出现，一个戴着全框眼镜的圆脸男人，不知道为什么让人一眼就感觉他的白皮肤是牙膏而非星沙的白，蓝针织衫是计算机屏幕而不是海洋的蓝。他上唇之上和下唇之下各蓄着小小一撮胡子，那圆规方矩的胡子有一种半遮嘴唇的意味。思琪看见伊纹姐姐把脸转过去看向他的时候，那胡子出现了一片在等待人躺上去的草皮的表情。毛毛先生整个人浴在宝石小精灵的眼光之雨中，他全身上下都在说：我什么都会，我什么都可以，我什么都不是。那是早已停止长大的房思琪，第一次也是最后一次看对一个人。

中学结束的暑假前，思琪她们一齐去考了地方一女中和台北的一女中，专考语文资优班。两人两头都上榜了。房妈妈刘妈妈都说有对方女儿就不会担心自己女儿离家在外。李国华只是聚餐的时候轻描淡写两句：“我忙归忙，在台北的时候帮忙照看一下还是可以的。”李老师的风度气派给房妈妈刘妈妈喂了定心丸。思琪在聚餐的圆桌上也并不变脸，只是默默把寿司下不能食用的云纹纸吃下去。

整个升高中前的暑假，李老师都好心带思琪去看展览。有一次，约在离她们的大楼甚远的咖啡厅。看展的前一天，李国华还在台北，思琪就先去咖啡厅呆坐着。坐了很久，她才想到这倒像是她在猴急。像一个男人等情人不到，干脆自己点一瓶酒喝起来，女人到之前，酒早已喝完，只好再叫一瓶，女人到了之后，也无从解释脸红心跳从哪里来。就要急。

思琪的小圆桌突然印上一个小小的小小的黑影子，影子缓缓朝她的咖啡杯移动。原来是右手边的落地窗外沾着一只苍蝇，被阳光照进来。影子是爱心形状，想是蝇一左一右张着翅膀。桌巾上的碎花图案整齐得像秧苗。影子仿佛游戏一样穿梭在花间，一路游到她的咖啡盘，再有点痛苦似的扭曲着跳进咖啡里，她用汤匙牵起一些奶泡哄弄那影子，那影子竟乖乖停住不动。她马上想到李国华一面扪着她，一面讲给她听，讲汉成帝称赵飞燕的胸乳是温柔乡。那时候她只是心里反驳：说的是赵飞燕的妹妹赵合德吧？不知道自己更想反驳的是他的手爪。思琪呆呆地想，老师追求的是故乡，一个只听不说、略显粗蠢，他自己也不愿承认为其粗蠢感到安心的，家乡？影子不知道什么时候游出她的咖啡杯，很快地游向她，就从桌沿跳下去了。她反射地夹了一下大腿。她穿的黑裙子，怎么样也找不到那影子。往窗上一看，那蝇早已经飞走了。

她小心翼翼地从包里拿出日记本，要记下她和苍蝇这短寿的罗曼史。眼光一抬起来，就看到对面远处的座位有一个男人趴在地上捡东西，因为胖，所以一趴下去，格子衬衫就卷起来爬在上身，暴露一圈肉，惊讶的是男人裤头上露出的内裤竟然镶着一圈中国红的蕾丝！她缓缓把眼神移开，没有一点笑意。没有笑，因为她心中充满了对爱情恍惚的期待，就算不是不爱的爱，爱之中总有一种原宥世间的性质。自尊早已舍弃，如果再不为自己留情，她就真活不下去了。提起笔的时候竟瞄到不知什么时候那蝇又停在右手边的窗上，仿佛天荒地老就酱在那儿。她内心感谢起来，也庆喜自己还记得怎么感谢。后来怡婷在日记里读到这一段，思琪写了：“无论是哪一种爱，他最残暴的爱，我最无知的爱，爱总有一种宽待爱以外的人的性质。虽然我再也吃不下眼前的马卡龙——‘少女的酥胸’——我已经知道，联想、象征、隐喻，是世界上最危险的东西。”

隔天，在小旅馆里，思琪穿好了衣服，第一次没有枯萎在地上，而是站着，弓着腰，低下去看床单上的渍。思琪说：

“那是谁的？”“那是你。”“那是我？”“是你。”“我吗？”不可思议地看着床单。“是老师吧？”“是你。”思琪知道李国华在装乖，他连胸前的毛都有得色。他把枕在头下的手抽出来，跟她一起摸摸那水痕。摸了一阵子，他抓住她的手，得意突然羼入凄凉，他说：“我跟你在一起，好像喜怒哀乐都没有名字。”房思琪快乐地笑了，胡兰成的句子。她问他：“胡兰成和张爱玲。老师还要跟谁比呢？鲁迅和许广平？沈从文和张兆和？阿伯拉和哀绿绮思？海德格尔和汉娜·阿伦特？”他只是笑笑说：“你漏了蔡元培和周峻。”思琪的声音烫起来：“我不认为，确切说是我不希望，我不希望老师追求的是这个。是这个吗？”李国华没有回答。过了很久，思琪早已坐下地，以为李国华又睡着了，他却突然说：“我在爱情，是怀才不遇。”思琪心想，是吗？

二十年前，李国华三十多岁，已经结婚有十年。那时他在高雄的补习班一炮而红，班班客满。

那年的重考班，有一个女生很爱在下课时间问问题。不用仔细看，也可以看出她很美。每次下课，她都偎到讲台边，小小的手捧着厚厚的参考书，用软软的声音，右手食指指着书，说：“老师，这题，这题为什么是A？”她的手指细白得像发育未全。李国华第一次就有一种想要折断它的感觉。他被这念头吓了一跳，自己喃喃在心里念：温良恭俭让，温良恭俭让。像念佛。那个女学生笑说：“大家都叫我饼干，我姓王，老师可以叫我饼干王。”他差点就要说出口：“我更想叫你糖果。叫你糖葱。叫你蜂蜜。”温良恭俭让。饼干的问题总是很笨，也因为笨，所以问题更多。桃花跟他的名气和财富来得一样快，他偶尔会有错觉，名利是教书的附加价值，粉红色情书才是目的。铜钱是臭的，情书是香的。

不需要什么自我批斗，这一步很容易跨出去。跟有没有太太完全无关。学生爱他，总不好浪费资源，这地球上的真感情也不是太多。他那天只是凉凉问一句“下课了老师带你去一个地方好不好”，像电视台重播了一百次的美国电影里坏人骗公园小孩的一句话。最俗的话往往是真理。饼干说好，笑出了小虎牙。

他前两天就查过不是太远的一间小旅馆。那时候查勘，心里也不冰冷，也并不发烫，只觉得万事万物都得其所。他想到的第一个譬喻，是唐以来的山水游记，总是说什么丘在东边十几步，什么林在西北边十几步，什么穴在南边几十步，什么泉在穴的里面。像是形容追求的过程，更像是描写小女生的私处。真美。小旅馆在巷子口，巷子在路的右边，房间窗外有树，树上有叶子，而阳具在内裤里。那么美的东西，不拿是糟蹋了。

在小旅馆门口，饼干还是笑眯眯地问："老师，我们要干吗？"只有在进房间以后，他拉上窗帘，微弱的灯光像烟蒂，饼干的虎牙才开始颤抖，说话的人称也变了："老师，你要干吗？"还能干吗呢？脱光自己所有的衣服，在饼干看来只是一瞬间的事。饼干开始哭："不要，不要，我有男朋友了。""你有男朋友干吗说喜欢老师呢？""不是喜欢男朋友的那种喜欢。""你有男朋友干吗一直找老师呢？"把她推到床上。"不要，不要。""你为什么陪老师来这种地方？你这样，老师一定会误会啊！""不要。"制服撕破会出事，脱她的内裤就好，他佩服自己思路清晰。温良恭俭让。"不要！不要！"他甩她一巴掌，扔粉笔回黑板沟的手势，令女学生着迷的手势。饼干不说话了，她知道他是认真的，她知道他今天非完成这事不可，像教学进度一样。内裤是桃红色，点点图案的，他一看，心想，该死，有男朋友了。但愿她还是处女。他从不知道女生力气可以这么大，只好用力揍她的眼睛，还有鼻子，还有嘴巴。血流出来了，一定是嘴唇内侧被可爱的小虎牙划的。还不张开，只好冒着留下瘀青的风险，再揍，一下，两下，三下。三是阳数，代表多数。温良恭俭让。饼干的双手去按鼻子的时候，她的双腿松懈了。他惊喜地发现，当他看到嘴唇上的血，跟看到大腿内侧的血是一样开心。

两百个人一堂的补习班，总是男生在教室的左半边，而女生在右半边。他发现整整有半个世界为他打开双腿。他过去过的是多无知的日子啊！以前在高中教书，熬那么久才炼出一面师铎奖。学生时期他也没打过架。打架惹同学又惹老师，不划算。初恋长跑几年就结婚了，他才知道太太松弛的阴道是多狭隘，而小女学生们逼仄的小穴是多么辽阔！温良恭俭让。

饼干有两个礼拜没来上课，他倒很淡薄，讲台前等着问问题还要排队呢。就算里面有一半是男生，把队伍对折，还有那么长。他现在只怕他的人生太短了。第三个礼拜，饼干在补习班楼下等他，她说："老师，你带我去那个地方好不好？"李国华看见饼干，马上想到，那天，她内裤给撕破了，想是没有穿内裤走回去的，想见那风景，腹股起了一阵神圣的骚动。

饼干的男朋友是青梅竹马，饼干家在卖意面，男朋友家在隔壁卖板条。那天，她回家，马上献身给男朋友。以前的界线是胸罩，一下子飞越，男朋友只是笨拙地惊喜。看到饼干的眼睛有泪，才问出事情经过。饼干的男朋友抽烟，三根烟的时间，他就决定跟饼干分手。饼干哭得比在小旅馆里还厉害，问为什么？男朋友把第四根烟丢在地上，才抽了四分之一。烟是饼干男朋友唯一的奢侈品。"我干吗跟脏掉的饼干在一起？"饼干求他留下。"所以你刚刚才给我！脏死了，干。"饼干跟地上的烟一起皱起来、矮下去，慢慢熄灭了。

饼干没有人喜欢了。如果老师愿意喜欢饼干，饼干就有人喜欢了。老师要饼干做什么都可以。饼干和老师在一起了。那么年轻、那么美的女孩勾着他的脖子，那比被金刚钻链勾着脖子还神气。那时候他开始努力挣钱，在台北、高雄都买了秘密小公寓。一年以后，新学年，他又从队伍里挑了一个女生，比饼干还漂亮。饼干哭着求他不要分手，她还在马路边睡了一夜。

从此二十多年，李国华发现世界有的是漂亮的女生拥护他，爱戴他。他发现社会对性的禁忌感太方便了，强暴一个女生，全世界都觉得是她自己的错，连她都觉得是自己的错。罪恶感又会把她赶回他身边。罪恶感是古老而血统纯正的牧羊犬。一个个小女生是在学会走稳之前就被逼着跑起来的犊羊。那他是什么？他是最受欢迎又最欢迎的悬崖。要眼睛大的就有像随时在瞋瞪的女孩。要胸部小的就有拥有小男孩胸部的女孩。要瘦的就有小肠生病的女孩。要叫起来慢的甚至就有口吃的女孩。丰饶是丰饶，可是李国华再也没有第一次撕破饼干的那种悸动。人们或许会笼统地称为初恋的一种感觉。后来一次是十几年后晞晞出生，第一次喊他爸爸。再后来又是十年，正是被镶在金门框里，有一张初生小羊脸的房思琪。

房妈妈刘妈妈、思琪怡婷北上看宿舍，看了便犹疑着是不是要外宿。后来也是因为李老师云淡风轻说一句“我在台北会照顾她们”，妈妈们决定她们住在刘家在台北的其中一间房子里，到学校走路只要十五分钟。

思琪她们在暑假期间南来北往探视亲戚、采购生活用品。思琪在家一面整理行李，一面用一种天真的口吻对妈妈说：“听说学校有个同学跟老师在一起。”“谁？”“不认识。”“这么小年纪就这么骚。”思琪不说话了。她一瞬间决定从此一辈子不说话了。她脸上挂着天真的表情把桌上的点心叉烂，妈妈背过去的时候把渣子倒进皮扶手椅的隙缝里。后来老师向她要她的照片，她把抽屉里一直摆着的全家福拿出来，爸爸在右边，妈妈在左边，她一个人矮小地，穿着白地绣蓝花的细肩绑带洋装，被夹在中间，带着她的年纪在相机前应有的尴尬笑容。把爸爸妈妈剪掉了，拿了细窄油滑的相纸条子便给老师。她的窄肩膀上左右各留着一只柔软的大手掌，剪不掉。

思琪她们两个人搭高铁也并不陌生，本能地不要对任何事露出陌生之色。李国华不知道为什么那么精明，总抓得到零碎的时间约思琪出来一会儿。反正他再久也不会多久。反正在李国华的眼里，一个大大的台湾，最多的不是咖啡厅，也不是便利商店，而是小旅馆。思琪有一次很快乐地对他说：“老师，你这样南征北讨我，我的身体对床六亲不认了。”她当然不是因为认床所以睡不好，她睡不好，因为每一个晚上她都梦到一只阳具在她眼前，插进她的下体，在梦里她总以为梦以外的现实有人正在用东西堵她的身子。后来上了高中，她甚至害怕睡着，每天半夜酗咖啡。从十三岁到十八岁，五年，两千个晚上，一模一样的梦。

有一次思琪她们又北上，车厢里隔着走道的座位是一对母女，女儿似乎只有三四岁。她们也看不准小孩子的年龄。小女孩一直开开关关卡通图案的水壶盖子，一打开，她就大声对妈妈说“我爱你！”一关起来，她就更大声对妈妈说“我不爱你！”不停吵闹，用小手掴妈妈的脸，不时有人回过头张望。思琪看着看着，竟然流下了眼泪。她多么嫉妒能大声说出来的爱。爱情会豢养它自己，都是爱情让人贪心。“我爱他！”怡婷用手指沾了思琪的脸颊，对着指头上露水般的眼泪说：“这个叫作乡愁吗？”思琪的声音像一盘冷掉的菜肴，她说：“怡婷，我早已不是我自己了，那是我对自己的乡愁。”

如果她只是生他的气就好了。如果她只是生自己的气，甚至更好。忧郁是镜子，愤怒是窗。可是她要活下去，她不能不喜欢自己，也就是说，她不能不喜欢老师。如果是十分强暴还不会这样难。

一直到很后来，刘怡婷在厚厚的原文画上马路边红线般的荧光记号，或是心仪的男孩第一次把嘴撞到她嘴上，或是奶奶过世时她大声跟师父唱着《心经》，她总是想到思琪，疗养院里连大小便都不能自理的思琪，她的思琪。做什么事情她都想到思琪，想到思琪没有办法经历这些，这恶俗的连续剧，这诺贝尔奖得主的新书，这超迷你的平板，这超巨型的手机，这塑胶味的珍珠奶茶，这报纸味道的松饼。每一分每一秒她都想到思琪，当那男孩把嘴从嘴上移到她的乳上的时候，当百货公司从七折下到五折的时候，出太阳的日子，下雨的日子，她都想着思琪。想着自己坐享她灵魂的双胞胎注定要永远错过的这一切。她永远在想思琪，事过境迁很久以后，她终于明白思琪那时候是什么意思，这一切，这世界，是房思琪素未谋面的故乡。

上台北定下来前几天，伊纹姐姐请思琪无论如何在整理行李的空当拨出一天给她。这次伊纹没有打开车顶敞篷。升高中那年的夏天迟迟不肯让座给秋，早上就热得像中午。思琪想到这里，想到自己，发现自己不仅仅是早上就热得像中午，而是早上就烫得像夜晚。那年教师节，是从房思琪人生的所有黑夜中舀出最黑的一个夜。想到这里也发现自己无时无刻不在想老师。既非想念亦非思考，就是横在脑子里。

整个中学生涯，她拒绝过许多中学生，一些高中生，几个大学生。她每次都说这一句“对不起，我真的没办法喜欢你”，一面说一面感觉木木的脸皮下有火烧上来。那些几乎不认识她的男生，歪斜的字迹，幼稚的词汇，信纸上的小动物，说她是玫瑰，是熬夜的浓汤。站在追求者的求爱土风舞中间，她感觉小男生的求爱几乎是求情。她没有办法说出口：其实是我配不上你们。我是馊掉的橙子汁和浓汤，我是爬满虫卵的玫瑰和百合，我是一个灯火流丽的都市里明明存在却没有人看得到也没有人需要的北极星。那些男生天真而蛮勇的喜欢是世界上最珍贵的感情。除了她对老师的感情。

伊纹像往常那样解开安全带，摸摸思琪的头，在珠宝店门口停车。推开门，毛毛先生坐在柜台后头，穿着蛋黄色衣衫，看上去，却依旧是思琪第一次见到他时穿着蓝色针织衫的样子。毛毛先生马上站起来，说：“钱太太，你来了。”伊纹姐姐同时说出：“你好，毛先生。”毛毛先生又马上说：“叫我毛毛就好了。”伊纹姐姐也同时说：“叫我许小姐就好了。”思琪非常震慑。短短四句话，一听即知他们说过无数遍。思琪从未知道几个字就可以容纳那样多的感情。她赫然发现伊纹姐姐潜意识地在放纵自己，伊纹姐姐那样的人，不可能听不懂毛毛先生的意思。

伊纹穿得全身灰，高领又九分裤，在别人就是尘是霾，在伊纹姐姐就是云是雾。伊纹抱歉似的说：“这是我最好的小朋友，要上台北念高中，我想买个纪念品给她。”转头对思琪说，“怡婷说真的没有时间，你们两个就一模一样的，怡婷不会介意吧？”思琪很惊慌地说：“伊纹姐姐，我决不能收这么贵重的东西。”伊纹笑了：“可以不收男生的贵重东西，姐姐的一定要收，你就当安慰我三年看不见你们。”毛毛先生笑了，一笑，圆脸更接近正圆形，他说：“钱太太把自己说老了。”思琪心想，其实这时候伊纹姐姐大可回答：“是毛先生一直叫我太太，叫老的。”一维哥哥对她那样糟。但伊纹只是用手指来回抚摩玻璃。

思琪低头挑首饰。闪烁朦胧之中听不清楚他们的谈话。因为其实他们什么也没说。伊纹姐姐指着一个小坠子，白金的玫瑰，花心是一颗浅水滩颜色的宝石。伊纹说："这个好吗？帕拉依巴不是蓝宝石，没有那么贵，你也不要介意。"思琪说好。

毛毛先生给坠子配好了链子，擦干净以后放到绒布盒子里。沉沉的贵金属和厚厚的盒子在他手上都有一种轻松而不轻忽的意味。思琪觉得这个人全身都散发一种清洁的感觉。

伊纹她们买好了就回家，红灯时伊纹转过头来，看见思琪的眼球覆盖着一层眼泪的膜。伊纹姐姐问："你要说吗？没办法说也没关系，不过你要知道，没办法说的事情还是可以对我说，你就当我是'没人'吧。"思琪用一种超龄的低音说："我觉得李老师怪怪的。"伊纹看着她，看着她眼睛前的眼泪干掉，眼神变得非常紧致的样子。

绿灯了，伊纹开始跑马灯似的回想李国华。想到背着脸也可以感觉到他灼灼的眼光盯着她的脚踝看。那次一维帮她办生日会，李国华送了她一直想要的原文书初版，他拿着粉红色的香槟酒连沾都没沾，在一维面前憨厚得离奇。初版当然难得，可是现在想起来也不知道放在哪里，潜意识地讨厌。想到他刚刚开始和女孩们检讨作文，在她家的桌上他总是打断她的话，说钱太太你那套拿来写作文肯定零分，说完了再无限地望进她的脸。那天他说要拿生日会的粉红色气球回家给晞晞，她不知道为什么一瞬间觉得他在说谎，觉得他出了电梯就会把气球戳破了塞到公共垃圾桶里。想到他老来来回回看她，像在背一首唐诗。

伊纹问思琪："哪一种怪呢？我只感觉他总是心不在焉。"忍住没有说别有所图。思琪说："就是心不在焉，我不觉得老师说要做的事是他真的会去做的事。"忍住没有说反之亦然。伊纹追问她，说："我觉得李老师做事情的态度，我讲个比喻，嗯，很像一幢清晨还没开灯的木头房子，用手扶着都摸得出那些规规矩矩，可是赤脚走着走着，总觉得要小心翼翼，总感觉会踏中某一块地板是没有嵌实的，会惊醒一屋的不知道什么东西。"

思琪心想，房思琪，差一步，把脚跨出去，你就可以像倒带一样从悬崖走回崖边，一步就好，一个词就好。在思琪差一步说出口的时候，她突然感觉安放在前座的脚上咬着一副牙齿。昨天傍晚在李国华家，老师一面把她的腿抬到他肩膀上，一面咬了她的脚跟。毛毛先生和伊纹姐姐看上去都那样干净。伊纹姐姐是云，那毛毛先生就是雨。伊纹姐姐若是雾，毛毛先生就是露。思琪自觉污染中有一种悲壮之意。她想到这里笑了，笑得狰狞，看上去仿佛五官被大风吹换了位置。

伊纹看见思琪的五官笑歪了。伊纹继续说："我以前跟你们说，我为什么喜欢十四行诗，只是因为形状，抑扬五步格，十个音节，每一首十四行诗看起来都是正方形的——一首十四行诗是一张失恋时的手帕——我有时候会想，是不是我伤害了你们，因为我长到这么大才知道，懂再多书本，在现实生活中也是不够用——李老师哪里不好吗？"可惜思琪已经眼睛变成了嘴巴，嘴巴变成了眼睛。

初中的时候，思琪眼前全是老师的胸膛，现在要升高一，她长高了，眼前全是老师的肩窝。她笑出声说："没有不好，老师对我是太好了！"她明白为什么老师从不问她是否爱他，因为当她问他"你爱我吗"的时候，他们都知道她说的是"我爱你"。一切只由他的话语建构起来，这鲨鱼齿一般前仆后继的承诺之大厦啊！

那是房思琪发疯前最后一次见到伊纹。没想到白金坠子最后竟是给伊纹姐姐纪念，她们珠宝的时光。

思琪她们上高铁之后，思琪一边把珠宝盒拿给怡婷，一边说："我觉得李老师怪怪的。"希望沉重的珠宝盒可以显得她说的话轻松。怡婷开着玩笑用龇裂的唇语说："送小孩子珠宝才奇怪，临死似的。"

她们和伊纹姐姐，珠宝一般的时光。

思琪她们搬到台北之后，李国华只要在台北，几乎都会来公寓楼下接思琪。每次和老师走在路上，尽管他们从来不会牵手，思琪都感觉到虎视的观众：路人、柜台服务生、路口广告牌上有一个一口洁白牙齿的模特——风起的时候，帆布广告牌掀开一个个倒立的防风小三角形，模特一时缺失了许多牙齿，她非常开心。老师问她笑什么，她说没事。

上台北她不想看一〇一，她最想看龙山寺。远远就看到龙山寺翘着飞檐在那里等着。人非常多。每个人手上都拿着几炷香，人往前走的时候，烟往后，往脸上扑，仿佛不是人拿着香，而是跟着香走。有司姻缘的神，有司得子的神，有司成绩的神，有司一切的神。思琪的耳朵摩擦着李国华衬衫的肩线，她隐约明白了这一切都将永远与她无关。他们的事是神以外的事。是被单蒙起来就连神都看不到的事。

高中时期她不太会与人交际，人人传说她自以为清高，唯一称得上朋友的是怡婷，可是怡婷也变了。可是怡婷说变的是她。她不知道那是因为其他小孩在嬉闹的时候有个大人在她身上嬉闹。同学玩笑着把班上漂亮女生与相对仗的一中男生连连看，她总是露出被杀了一刀的表情，人人说你看她多骄傲啊。不是的。她不知道谈恋爱要先暧昧，在校门口收饮料，饮料袋里夹着小纸条。暧昧之后要告白，相约出来，男生像日本电影里演的那样，把腰折成九十度。告白之后可以牵手，草地上的食指试探食指，被红色跑道围起来的绿色操场就是一个宇宙。牵手之后可以接吻，在巷子里踮起脚来，白袜子里的小腿肌紧张得涨红了脸，舌头会说的话比嘴巴还多。每次思琪在同辈的男生身上遇到相似的感觉，她往往以为皮肤上浮现从前的日记，长出文字刺青，一种地图形状的狼疮。以为那男生偷了老师的话，以为他模仿、习作、师承了老师。

她可以看到欲望在老师背后如一条不肯退化的尾巴——那不是爱情，可是除此之外她不知道别的爱情了。她眼看那些被饮料的汗水濡湿的小纸条或是九十度的腰身，她真的看不懂。她只知道爱是做完之后帮你把血擦干净。她只知道爱是剥光你的衣服但不弄掉一颗纽扣。爱只是人插进你的嘴巴而你向他说对不起。

那次李国华把头枕在手上假寐的时候说了：“看过你穿制服的样子我回去就想过了。”思琪半恶心半开心地说：“想入非非。”他又开始上课：“佛学里的非非想之天知道吗？”异常肯定的口气：“知道。”他笑了：“叫我别再上课的意思？”“对。”思琪很快乐。

龙山寺处处都是文字，楹柱所有露出脸面的方向都被刻上对子或警句。隶书、楷书一个个块着像灯笼，草书、行书一串串流下来像雨。有的人干脆就靠在楹柱上睡着了，她心想，不知道是不是那样睡就不会做噩梦。有的人坐在阶梯上盯着神像看，望进神像的大龛，大龛红彤彤像新娘房，人看着神的眼神不是海浪而是死水。墙上在胸口高的地方有浮雕，被阳光照成柳橙汁的颜色，浮雕着肥肥的猴子跟成鹿，刻得阔绰，像市场的斤肉，仿佛可以摇晃、牵动。李国华手指出去，开口了：“你知道吧，是‘侯’跟‘禄’。”又开始上课了。一个该上课时不上课而下课了拼命上课的男人。她无限快乐地笑了。手指弹奏过雕成一支支竹子的石窗。他又说：“这叫竹节窗，一个窗户五支，阳数，好数字。”忠孝节义像倾盆大雨淋着她。

走过寺庙管理员的门，门半开着，管理员嘴巴叼着一支烟，正在沥一大桶的腌龙眼，手抱着一个胖小孩似的，把桶子夹在大腿间。这里人人都跟着烟走，只有他的烟是香烟的烟。一如老师对她讲授墙上贞洁中正的掌故，这一切，真是滑稽到至美。

她问他平时会不会拜拜，他说会。她用嘴馋的口吻问：“为什么今天不呢？”他说心态不适合。思琪心想：神真好，虽然，你要神的时候神不会来，可是你不要神的时候，他也不会出现。

她开口了：“老师，你爱师母吗？”他用手在空气中画一道线，说：“我不想谈这个，这是既定的事实。”她露出紧紧压着出血伤口的表情，再问了一次：“老师，你，爱师母吗？”他拉了拉筋，非常大方地说了：“从很年轻的时候，很年轻，十八九岁的时候，她就对我很好，好到后来每个人都指着我的鼻子说你要负责，我就负责，负责娶她。”停顿一下又继续说，“可是人是犯贱的动物，爱就是爱，不爱就是不爱，像今天有人拿枪指着我我还是喜欢你。”她说：“所以没有别的女生。老师你的情话闲置了三十年还这样。不可思议。”思琪幽深的口气让李国华恨不能往里头扔个小石子。他一面回答：“我是睡美人，是你吻醒它们的。”一面心里想：我就知道不能同时两个人在台北，要赶快把郭晓奇处理掉。

出来之后，思琪再往后望寺庙一眼，他讲解说飞檐上五彩缤纷的雕塑叫作剪黏。她抬头看见剪黏一块红一块黄，鱼鳞地映着阳光。她想，剪黏这名字倒很好，像一切民间故事一样，把话说得不满而足。

回到小旅馆，小小的大厅散放着几张小圆桌。有一张被占据了，一男一女面对面坐着。桌底下，男的牛仔裤膝盖大开，球鞋的脚掌背翘在另一个脚掌背上。那女人的一只脚伸进男的双脚间，给轻轻含在那里。只一眼也望见女的踝上给高跟鞋反复磨出的疤痕。思琪一看就对这个画面无限爱怜。知道老师不要她注意别人，怕她被别人注意，看一眼就上楼了。还是大厅里的爱情美丽。

他一面说："我要在你身上发泄生活的压力。这是我爱你的方式。"这人怎么多话成这样。她发现她听得出他讲话当中时常有句号，肯定不已的样子。老师嘴里的每一个句号都是让她望进去望见自己的一口井，恨不能投下去。她抱着自己钉在地板上，看他睡觉。他一打呼，她可以看见他的鼻孔吹出粉红色的泡泡，满房满室疯长出七彩的水草。思琪心想，我心爱的男人打呼噜好美，这是秘密，我不会告诉他的。

郭晓奇今年升大二。她从小成绩中上，体育中上，身高中上，世界对她来说是一颗只要用力跳一跳就摘得到的苹果。升高三的时候，升学学校弥漫着联考的危机感，那很像 2B 铅笔的石墨混着冷便当的味道，便当不用好吃，便当只要让人有足够的体力在学校晚自习到十点就好了。高三的时候晓奇每一科都补习，跟便当里的鸡腿一样，有总比没有好。晓奇的漂亮不是那种一看就懂的漂亮，晓奇有一张不是选择题而是阅读申论题的白脸。追求者的数目也是中上，也像便当里放冷了的小菜一样不合时宜。

李国华第一次注意到晓奇，倒不是因为问问题，是他很惊奇竟然有坐在那么后面的女生能让他一眼就看到。他是阅读的专家。那女学生和他四目相接，她是坦荡的眼光，像是不能相信偌大一个课堂而老师盯着看的是她。他马上移开了嘴边的麦克风，快乐地笑出声来。下课去问了补习班班主任那女学生的名字。班主任叫蔡良，很习惯帮补习班里的男老师们打点女学生。偶尔太寂寞了蔡良也会跑去李国华的小公寓睡。

没有人比蔡良更了解这些上了讲台才发现自己权力之大，且战且走到人生的中年的男老师，要荡乱起来是多荡乱，仿佛要一次把前半生所有空旷的夜晚都填满。蔡良趁晓奇一个人在柜台前等学费收据的时候，把她叫到一旁，跟她说："李国华老师要帮你重点补课，老师说看你的考卷觉得你是你们学校里资质最好的。"蔡良又压扁了声音说，"但是你不要告诉别人，别的学生听了会觉得不公平，嗯？"那是一切中上的郭晓奇人生中唯一出类拔萃的时刻。蔡良去学校接晓奇下课，直驶进李国华的台北秘密小公寓里。

一开始晓奇哭着闹自杀，后来几次就渐渐安静下来了。有时候太快结束，李国华也真的给她补课。她的脸总有一种异常认真的表情，仿佛她真的是来补课的。她的白脸从此总是显得恹恹的，从浴巾的白变成蜡烛的白。人人看见她都会说，高三真不好过啊。到最后晓奇竟然也说了：“老师，如果你是真的爱我，那就算了。”李国华弯下去啃她的锁骨，说：“我做梦也没想到自己五十几岁能和你躺在这里，你是从哪里来的？你是从刀子般的月亮和针头般的星星那里掉下来的吗？你以前在哪里？你为什么这么晚到？我下辈子一定娶你，赶不及地娶你走，你不要再这么晚来了好不好？你知道吗，你是我的。你是我这辈子最爱的人，有时候我想到我爱你比爱女儿还爱，竟然都不觉得对女儿抱歉。都是你的错，你太美了。”这些话说到最后，晓奇竟然也会微笑了。

蔡良是一个矮小的女人，留着小男孩的短发。她最喜欢跟优秀的男学生打闹，每一届大考状元在她嘴里都烂熟到像是她的一个胞弟。她在床上用那种亲戚口气提到男学生，李国华也并不嫉妒，他只是观察着半老年纪的女人怎么用金榜上姓名的一笔一画织成遮住臀上橘皮纹路的黑纱。李国华知道，在蔡良听起来，半老就是半年轻。李国华唯一不满的是她的短头发。他只要负责教好那一群一中资优班男生，再把他们撒到她身边，小男生身上第一志愿的光环如天使光圈，而她自己就是天堂。很少女人长大这么久了还这么知足。他猜她自己也知道英文老师、物理老师、数学老师，和他，背后是连议论她都懒得。但他们无聊的时候她还总是陪他们玩，用她从男学生那里沾光来的半吊子年轻。更何况，每一个被她直载进李国华的小公寓的小女学生，全都潜意识地认为女人一定维护女人，欢喜地被安全带绑在副驾驶座上。她等于是在连接学校与他的小公寓的那条大马路上先半脱了她们的衣服。没有比蔡良更尽责的班主任了。

李国华不知道，每一次蔡良跟男学生约会，她心里总暗恨那男生不在补习班到处发送的金榜小传单上，恨男生用发胶拔高的头发，恨他们制服上衣不扎在裤子里。已经是三流高中的制服了，竟然还不扎！从明星高中升到明星大学，考上第一志愿又还未对这志愿幻灭，对她而言，世界上没有比资优生身上的暑假更自然而然的体香了。那些女学生什么都还没开始失去，就已经开始索求，她们若不是自己是状元便是找了状元当男朋友。榜眼、探花，她们也要。她们一个也不留给她。没有人理解。不是她选择知足，而是她对不足认命了。她一心告诉自己，每一个嘬吸小女生的乳的老男人都是站在世界的极点酗饮着永昼的青春，她载去老师们的公寓的小女生其实个个是王子，是她们吻醒了老师们的年轻。老师们总要有动力上课，不是她牺牲那几个女学生，她是造福其他、广大的学生。这是蔡良思辨之后的道德抉择，这是蔡良的正义。

那天晓奇又回李国华的公寓，自己用老师给她的钥匙开门。桌上放了五种饮料，晓奇知道，老师会露出粗蠢的表情，说："不知道你喜欢哪一种，只好全买了。"她很感恩。没有细究自己只剩下这种病态的美德。

老师回家了，问她学校可有什么事吗。她快乐地说她加了新的社团，社团有名家来演讲，她买了新的望远镜，那天学长还带她上山观星。两个人吗？对啊。李国华叹了一口长长的气，径自拿起一杯饮料，碳酸饮料打开的声音也像叹气。他说："我知道这一天会到，只是不知道这么快。""老师，你在说什么？”“一个男生对一个女生没有意思，是不会大半夜骑那么久的车载她上山的；一个女生对男生没有半点意思，也不会让男生半夜载她到荒郊野外了。”“那是社团啊。”“你已经提过这个陈什么学长好多次了。”“因为是他带我进社团的啊。”晓奇的声音瘪下去，声音像一张被揉烂的废纸。李国华露出雨中小狗的眼睛，说：“没关系，你迟早要跟人走的，谢谢你告诉我，至少我不是死得不明不白。”晓奇的声音高涨起来：“老师，不是那样的啊，他只是一个普普通通的学长而已啊。”李国华的小狗眼睛仿佛汪着泪，说：“本来能跟你在一起就跟梦一样，你早一点走了我也只是早些醒来。”晓奇哭喊：“我们什么也没有啊！我只喜欢老师啊！”李国华突然用非常悲壮的口气说：“你刚刚都说了‘我们’。”他一面说“把钥匙还给我就好了”，一面把她推出房门，再把她的包包扔出去。晓奇说：“求求你。”李国华看着她坐在门外像狗，觉得这一幕好长好长。真美。李国华高高地、直直地、挺挺地对晓奇说：“你来之前我是一个人，你走了，我就回到一个人，我会永远爱你，记得你。”在她把手伸到门上之前赶快把门关起来，锁一道锁，两道，拉上铁链，他觉得自己手脚惊慌得像遇到跟踪狂的少女。他想到这里终于笑了。他觉得自己很幽默。

晓奇在门外暴风雨地擂门，隔着厚门板可以听见她的声音嗡嗡响：“老师，我爱你啊，我只爱你啊，老师，我爱你啊……”李国华心想：哭两个小时她就会自己走回学校，就像当初那样，想当初巴掌都没打她就输诚了。开电视看起了新闻：马英九争取连任，周美青大加分。转大声一点遮住门外的吵闹。忍一忍就过去了。郭晓奇这一点倒不错，知所进退，跟周美青的裙子一样，不长不短。

李国华处理完晓奇的下午就去思琪她们公寓楼下接她。在出租车上给了她公寓的钥匙，放在她的小手掌里，再把她的手指盖起来。“为你打的。”“是吗？”思琪用尽力气握着那副钥匙，到公寓了才发现钥匙在她的掌心留下痕迹，像个婴孩的齿痕。后来他总说：“回家吗？”他的小公寓，她的家？可是她心里从来没有一点波澜，只是隐约感到有个婴儿在啃她的掌。

李国华跟补习班其他老师去新加坡自助旅行。思琪下了课没地方去，决定上咖啡厅写日记、听音乐杀时间。坐在靠窗的座位，有阳光被叶子筛下来，在粉红色日记本子上，圆滚滚、亮晶晶的。手伸进光影里，就像长出豹纹一样。喝了咖啡马上想起伊纹姐姐和毛毛先生。其实他们大概也没有什么。可是伊纹姐姐衔着连接词，思琪没办法再把一维哥哥连上去了。是一维哥哥自己先把相扣的手指松开，变成巴掌和拳头的。

思琪坐在窗边，半个小时有六个人来搭讪。有的人递上名片，有的人递上饮料，有的人递上口音。早在公元之前，最早的中文诗歌就把女人比喻成花朵，当一个人说她是花，她只觉得被扔进不费脑筋的作文模板，浩浩汤汤的巨河。只有老师把她比作花的时候她相信他说的是另一种花，没有其他人看过的花。男人真烦。最烦的是她自己有一种对他们不起的心绪。日记没办法好好写了，只好上街乱走。

什么样的关系是正当的关系？在这个你看我我看你的社会里，所谓的正确不过就是与他人相似而已。每天读书，一看到可以拿来形容她和老师的句子便抄录下来，愈读愈觉得这关系人人都写过，人人都认可。有一次，一个男生写了信给她：“星期二要补习，每次骑车与你擦肩而过，渐渐地，前前后后的日子都沾了星期二的光，整个星期都灿烂起来。”——她当然知道是哪里抄来的句子，可是连抄也奢侈。她真恨他。她想走到他面前说我不是你看到的圣女，我只是你要去的补习班的老师的情妇，然后狠狠咬他的嘴。她渐渐明白伊纹姐姐说的：“平凡是最浪漫的。”也明白姐姐说出这话的沧桑。说不出口的爱要如何与人比较，如何平凡，又如何正当？她只能大量引进古诗词、西方的小说——台湾没有虚构叙事文传统。她就像他们的小岛，她从来不属于自己。

每隔一阵子，总会有绑架强暴案幸存者的自传译本出版。她最喜欢去书店，细细摸书的脸皮上小女生的脸皮，从头开始读，脚钉在地上，这许久。读到手铐、枪、溺人的脸盆、童军绳，她总像读推理小说。惊奇的是她们脱逃之后总有一番大义，死地后生，柏油开花，鲤跃龙门。一个人被监禁虐待了几年，即使出来过活，从此身份也不会是便利商店的常客——粉红色爱好者、女儿、妈妈，而永远是幸存者。思琪每每心想，虽然我的情况不一样，但是看到世界上如常有人被绑架强暴，我很安心。旋即又想，也许我是这所有人里最邪恶的一个。

她问过老师：“我是你的谁？情妇吗？”“当然不是，

你是我的宝贝、我的红粉知己、我的小女人、我的女朋友，你是我这辈子最爱的人。”一句话说破她。她整个人破了。可是老师，世界上称这个情况叫偷腥，鱼腥味的腥，她忍住没说出口。再问：“可是我认识师母，还有晞晞，老师知道我的意思吗？我看过她们的脸，这样我很痛苦，痛得很具体，我连寒暑假都不回家了。”他只草草说一句：“爱情本来就是有代价的。”她马上知道他又在演习他至高无上之爱情的演讲，又在那里生产名言，她不说话了。世界关成静音，她看着他躺在床上拉扯嘴型。公寓外头，寒鸟啼霜，路树哭叶，她有一种清凉的预感。她很愉悦，又突然隐约感觉到头手还留着混沌之初，自己打破妈妈颠扑不破的羊水，那软香的触感。她第一次明白了人终有一死的意思。

老师常常说：“你喜欢的人也喜欢你，感觉就像是神迹。”神来过了，在他和太太孩子同住的家里。在她们和爸爸妈妈同住的楼下。老师最喜欢在她掌上题字，说：“可以题一个‘天地难容’的匾额。”又笑着一撇一捺，写个“人”字，说，“天地似乎还好，倒是人真的不容。”老师饱饱的食指在她手心里温软的触感就像刚刚豹的光斑。不只是把罪恶感说开，罪恶就淡薄一些，老师到头来根本是享受罪恶感。搭讪的路人看她睫毛婉曲地指向天空，没有人看得到她对倒错、错乱、乱伦的爱情，有一种属于语言的、最下等的迷恋。她身为一个漂亮的女生，在身为老师的秘密之前。

他也常常说："我们的结局，不要说悲剧，反正一定不是喜剧的，只希望你回想起来有过快乐，以后遇到好男生你就跟着走吧。"思琪每次听都很惊诧。真自以为是慈悲。你在我身上这样，你要我相信世间还有恋爱？你要我假装不知道世界上有被撕开的女孩，在校园里跟人家手牵手逛操场？你能命令我的脑子不要每天梦到你，直梦到我害怕睡觉？你要一个好男生接受我这样的女生——就连我自己也接受不了自己？你要我在对你的爱之外学会另一种爱？但是思琪从没有说话，她只是含起眼皮，关掉眼睛，等着他的嘴唇袭上来。

突然听到刹车皮尖叫，有人猛然把她往后拉，她跌到那人身上。驾驶员摇下车窗，看到是个病恹恹的美少女，怒气转成文火："唉，同学，走路要看路啊。""对不起。"车子开走了。拉她的男人穿着银貂色西装，仿佛在哪里看过。啊，是刚刚那六个搭讪人之一。"对不起。""我看你心不在焉，所以跟着你走。”“是吗？”也并没有救命的感激感，她只是模模糊糊对全世界感到抱歉。

貂色男子说话了：“我帮你拿书包。”“真的不用。”他就把书包抢走。也不能真使力抢回来，免得路人以为是真抢劫。“你还好吗？”“还好。”“刚下课吗？”心里想：不然呢？嘴巴没说话。发现这男人长得像讽刺漫画，天然惊讶的大眼睛，貘的长鼻子。“你长得好像一个日本女明星哦，叫——叫什么的？”想起刘墉里夹的小照，她笑了。而他当然以为她是因他的话而笑，声音抖擞起来：“有人跟你说过你很有气质吗？”她真的笑了：“你们台北人都这样吗？”“怎样？”我家有一口纸箱在搜集你们这种人的名片哦，忍住没有说出口。他倒真掏出一张名片，职位不低，公司也响亮。“区经理先生，你一定很忙吧？”他打开手机就取消了今天的约，说：“我是真心想认识你。”她看着路边松树茸茸的手指不正经地动着。“我是真心想认识你，我们去吃饭好不好？”她看见神用名为痛苦的刃，切下她硕果仅存的理性，再满不在乎地吃掉它，神的嘴边流出血样的果汁。她说好。“吃完饭去看电影？”她也说好。

电影院里没人，好冷，她的左手蛇上右手，右手蛇上左手。貂色男人脱下外套盖在她身上，貂色西装像一件貂皮大衣。看见他西装里的衬衫是黑色，她无限凄楚地笑了：“啊，我的，男朋友，也总是穿黑色。”“或许我是你下一个男朋友，你男朋友在做什么？”不关你的事吧，忍住没说出口。“你看起来年纪很小，你男朋友比你大吧？”“三十七。”“啊，三十几岁的话，以三十几岁来说，我也是蛮有社会地位的。”她一面笑一面哭：“我是说，大我三十七。”他的眼睛更大了。“他有太太了吗？”她的笑跑了，只剩下哭。“你不是说他对你很好吗？对你好怎么会让你哭呢？”

思琪突然想到有一次出了小旅馆，老师带她去快炒店，她一个人吃一碟菜，他一个人吃一盘肉。那时她非常固执，非常温柔地看他的吃相。她怕虚胖，不吃肥肉，说看他吃就喜欢了。他说她身材这样正好。她那时忘了教他，女生爱听的是“你一直都很瘦”。又想，教了他去说给谁呢？这时候，电影院里的思琪心里快乐地笑了：“肉食者”在古文里是上位者，上位，真是太完美的双关了。脑袋嗡嗡之间听见貂色西装先生谈工作，说他不被当人看，被上司当成狗操——思琪马上想：他们知道什么叫不被当成人看吗？他们真的知道被当成狗操的意思吗？我是说，被当成狗操。

不知道怎么甩掉貂色西装先生的。思琪回到她和怡婷的家。大楼公寓前面的管理员老盯着她看。总不能叫他停，显得自以为是。管理员不超过三十岁。每次回家，一踏进街口，他都把眼球投掷到她身上，她一路沾黏着那双眼球。

她爱老师，这爱像在黑暗的世界里终于找到一个火，却不能叫外人看到，合掌围起来，又鼓颊吹气揠长它。蹲在街角好累，制服裙拖在地上像一只刚睡醒不耐烦的尾巴。但是正是老师把世界弄黑的。她身体里的伤口，像一道巨大的崖缝，隔开她和所有其他人。她现在才发现刚刚在马路边自己是无自觉地要自杀。

思琪去抽屉翻找，伊纹姐姐给的玫瑰项链静静地在首饰盒里盛开，戴起来又低了一点。她有一颗锁骨旁的小黑痣做标记。又瘦了。穿上跟伊纹姐姐一起去买的小洋装，蓝地上开的也是玫瑰花。思琪哭了，肩膀一耸一耸的。没想到第一次穿是这种时候。写遗书就太像在演戏了。如果写也只会写一句话：这爱让我好不舒服。

拉开窗帘，天黑得很彻底，显得远远近近一丛一丛灯花流利得像一首从小熟背的唐诗。思琪走进阳台，往下看，楼下便利店外拔掉消音器的摩托车声，蒸腾到七楼就显得慈祥了。人衔着香烟走路，看下去，脸前烟火摇荡，就像是人在追逐一只萤火虫。爬出阳台，手抓栏杆，脚踩在栅字式栏杆的那一横画上，连脚底板也尝得到铁栏杆的血腥味道。她心想：只要松手，或是脚滑。后者并不比前者更蠢。高风把裙子吹胖，把裙上的花吹活。还活着的人都是喜欢活着的人吗？她非常难过，因为她就要死了。这时候，往下竟看见对面那公寓管理员又在看她，脚钉在地上，脖子折断似磕在后颈，也没有报警或喊叫的意思，仿佛他抬头看的是雨或是云。思琪心里只出现一个想法：这太丢脸了。马上爬回阳台，利落得不像自己的手脚。她才十六岁，可是她可以肯定，这会是她人生最丢脸的一幕。

在阳台肝肠寸断地哭，传了越洋短信给老师：“这爱让我好不舒服。”后来李国华回来了也并不对短信表示意见。老师是爱情般的死亡。爱情是喻依，死亡是喻体。本来，这个社会就是用穿的衣服去裁判一个人的。后来怡婷会在日记里读到，思琪写了：“一个晚上能发生的事真多。”但是，思琪搞错了，这还不是她人生最丢脸的一幕。

李国华和同事去新加坡。他们每天都很晚起，先到景点拍几张照，再悠闲地晃到红灯区。照片是给老婆孩子看的。

新加坡的红灯区顾名思义，有大红灯笼高高挂。李国华心想，这里没人看过苏童，想到典故，也是白想。物理老师说：“一个小时后这里集合？”英文老师的眼镜颤抖得亦有贼意，他笑说：“一个小时对我不够。”他们都笑了。数学老师拍拍英文老师的肩膀说：“男人还是年轻好，话说回来，我很少用买的。”李老师说：“我也很少。”没有人要承认不是骗来的就不知道行不行。英文老师笑了：“人家技巧好你们也要嫌？”李国华心想：英文老师原来不是太有爱心，是太没耐心了，他不会明白，一个连腿都不知道要打开的小女生，到最后竟能把你摇出来的那种成就感。这才是让学生带着走的知识。这才叫老师的灵魂。春风化雨。李老师心里的笑升上来破在脸上。大家都想知道他在笑什么，他摇摇头不说话，转过去对物理老师说：“希望你不会对你那小演员有罪恶感。”

物理老师说："这是分开的。"李老师笑说："你老婆是灵，妓女是肉，听话的小演员是灵肉合一，你真幸运。"物理老师拿下眼镜擦，没有说话。李老师意识到自己说太多了，觊觎人家的女生似的，马上用大方的语气说："我跟我那学生倒分了。"人人露出诧异的表情，倒不是为他哀戚，而是疑惑是谁递上去。李老师说："现在这个很好，非常好，简直太好了，好到我没法一次容纳两个。""几岁？"李老师笑笑不说话。所以低于十六岁，还没合法。他们不禁都露出羡慕的眼光。李老师倒是一脸无所谓。数学老师大声说："谁不会老呢？"李老师说："我们会老，她们可不会。"后来这句话一直深深印在这些老师的心里。

他们开怀地笑了，拿饭店的矿泉水干杯。干杯。敬如鹅卵石般缩小老去的男人。敬河水般永远新鲜地流过去的学年。敬河床的同志情。敬每一颗明知道即将需要威而钢却仍然毫不胆怯地迎击河水的卵石。敬如核弹倒数读秒的威而钢之千禧。敬同时拥有说中文的人口与合法的红灯区的国度。敬家族独裁却不会裁掉红灯区的政权。

他们最后约了一小时后原地集合。

这是李国华第三次参加补习班同人的狩猎行旅。前两次倒没有太深的印象。这次找了一间门口气派的，高高挂的大红灯笼，红得像过年。一进去，马上有一个穿旗袍的中年妇人起身招呼，中年妇人走到哪里都有一个壮硕的黑西装男人跟着。妇人看着他的名牌包包，一脸满意。中年妇人把他引进大客厅，右手臂戏剧化地荡开，一个个小姐如扇展开来。眼花缭乱。目不暇接。琳琅满目。目眩神摇。

李国华心想，果然不能像前两次，路边人拉了就进去，大的店有大的好。小姐们都站着丁字步，大脚是大丁字，小脚是小丁字。每个人都笑出上排六颗牙齿，夹在两片红唇之间。大牙齿是六颗，小牙齿也是六颗。他低声问中年妇人："我要年轻的。"中年妇人的华语流利中有辣椒的味道，她说："年轻的有，年轻的有。"叫了两个小姐过来。李国华在心里帮她们卸了妆。十八岁左右。他的声音更低了："有没有更年轻的？"中年妇人笑了，挥挥手把小姐都赶回去，小姐们的蛇腰像收扇子一样合进帘子里面。中年妇人的辣椒口音说"先生你等等我"，手掌亲昵地含在他肩上，捏了他一下。他的腹股间隐约有一种愿望太容易满足，在满足之前就已经倦怠的感觉。但是，辣椒夫人从不让客人失望。

辣椒夫人领着一个小女孩出来，胭脂浮浮的，刚涂上去的样子。不会超过十五岁。是个东方面孔的小孩。就她吧。上了楼梯，不知道为什么一排小姐沿着窄梯一阶阶站着，他和女孩走上楼的时候，觉得她们训练有素的红唇白齿像一只只眼睛盯着他们。他有一种要保护女孩的心情。

房间不大不小，墙纸也是热带专有的刺眼的绿色。女孩帮他脱衣搓皂洗下身。女孩小小的，身上也小小的。她涂得白白的脸像是被插在黝黑的脖子上。她动作之利索，像其他女孩一样问他从哪里来。专业而一律的问句衬在嫩烂得像一块蛋糕的口音之中，有一种苍凉之意。她骑在他身上，韵律得像一首芭乐歌。听了一遍就会跟着唱。

李国华突然想到房思琪。有一次在台北小公寓里狩猎她，她已经被剥下一半，还在房间窜逃。狩猎的真正乐趣在过程，因为心底明白无论如何都会收获。她在跑的时候，屁股间有一只眼睛一闪一闪的。他猎的是那一只荧光，快抓到了又溜走。她跑得像在游戏，跑没五分钟就被卡在腿上的小裤绊倒，面朝下倒在地板上，制服裙膨起来又降落在腰际，扁扁的屁股在蓝色地毯上像电影里的河尸只浮出屁股的样子。他走过床，走到她身上。在床上他深一脚浅一脚的。床太软了竟也有不好的时候，他很惊奇。

这样下去他不行。他把女孩翻下去，一面打她的屁股，一面想着那一次房思琪大腿间的荧光到手了又溜出去，他知道那是什么了！那一次，就像他小时候在家乡第一次看见萤火虫，好容易扑到一只，慢慢松开手心，萤火虫竟又亮晃晃颠着屁股从眼前飞出去。想起来，那一定是他人生第一次发现了关于生命的真相。他很满足，给了女孩双倍的小费。尽管黧黑的屁股看不太出掌印。

但是他忘了他的家乡没有萤火虫，忘记他这辈子从没有看过萤火虫。反正，他是忙人，忘记事情是很正常的。

回来以后是开学。李国华在思琪她们的公寓楼下等她们放学回家。在人家骑楼下等，在他还是第一次。不知道为什么时间过得这么慢。他还以为自己最大的美德就是耐性。

房思琪发现今天的小旅馆不一样。房间金碧辉煌的，金床头上有金床柱，床柱挂着大红帐幔，帐幔吐出金色的流苏，床前有金边的大镜子。可是那金又跟家里的金不同。浴室的隔间是透明的。他去冲澡，她背着浴室，蜡在地上。

他从后面扳她的脸，扳成仰望的样子。思琪说："老师，有很多像我一样的女生吗？""从来没有，只有你，我跟你是同一种人。""哪一种人？""我在爱情里有洁癖。""是吗？""我说收过那么多情书也是真的，可我在爱情是怀才不遇，你懂吗？你知道吴老师、庄老师吧？我说的他们和一堆女学生的事情都是真的，但是我和他们不一样，我是学文学的人，我要知音才可以，我是寂寞，可是我和寂寞和平共处了这么久，是你低头写字的样子敲破它的。"思琪想了想，说："那老师，我应该跟你说对不起吗？可是老师，你也对不起我啊。"李国华在压榨她的身体。思琪又问："老师，你真的爱我吗？""当然，在一万个人之中我也会把你找出来。"

把她弓起来抱到床上。思琪像只毛毛虫蜷起身来，终于哭出来："今天没办法。""为什么？""这个地方让我觉得自己像妓女。""你放松。""不要。""你看我就好。""我没办法。"他把她的手脚一只一只掰开，像医院里看护为中风病人做复健的样子。"不要。""我等等就要去上课了，我们都不要浪费彼此的时间好吗？”思琪慢慢感觉自己像走进一池混浊的温泉水里，走进去，看不到自己的手脚，慢慢觉得手脚不是自己的。老师的胸前有一颗肉芽，每一次上下晃动，就像一颗被拨数的佛珠坠子，非常虔诚的样子。突然，思琪的视角切换，也突然感觉不到身体，她发现自己站在大红帐子外头，看着老师被压在红帐子下面，而她自己又被压在老师下面。看着自己的肉体哭，她的灵魂也流泪了。

那是房思琪从初一的教师节第一次失去记忆以来，第两百或第三百次灵魂离开肉体。

醒来的时候她正在风急火燎地穿衣服，一如往常。但是，这次老师不是把头枕在手上假寐，而是跳下床抱住她，用拇指反复抚摩她耳鬓的线条。头皮可以感觉到他粗重的呼吸，既是在深深出气，也是在闻她的头发。他松开手之前只说了一句话：“你很宠我，对不对？”太罗曼蒂克了，她很害怕。太像爱情了。

想到他第一次把一部新手机给她，说这样好约。第一次从那部手机里听见老师的声音，她正安坐在便利商店近门口的座位。他在电话那一头问：“你在哪儿？我一直听到叮咚、叮咚的声音。”她很自然回答：“在便利商店里啊。”现下才想到，在电话那一头，他听起来，必定很像她焦急地走出门外、走进门内。当然或者他没有想那样多。但她突然有一股滑稽的害臊。简直比刚刚还要害臊。怎么现在突然想到这个呢？

思琪坐在地上胡思乱想。老师的打呼声跟牲口一样，颜楷似的筋肉分明。总是老师要，老师要了一千次她还每次被吓到。这样老师太辛苦了。一个人与整个社会长年流传的礼俗对立，太辛苦了。她马上起身，从床脚钻进被窝，低在床尾看着老师心里想这就是书上所谓的黧黑色。他惊喜地醒来，运球一样运她的头。吞吞吐吐老半天。还是没办法。果然没办法。他的裸体看起来前所未有地脆弱、衰老。他说：“我老了。”思琪非常震动。也不能可怜他，那样太自以为是了。本来就没有预期办得成，也不可能讲出口。总算现在她也主动过了，他不必一个人扛欲望的十字架了。她半是满足，半是凄惨，慢吞吞地猫步下床，慢吞吞地穿衣服，慢吞吞地说：“老师只是累了。”

毛毛先生的珠宝店是张太太介绍给伊纹的。伊纹刚搬来的时候，除了念书给思琪她们，便没有其他的娱乐，给老钱太太看见她一个人读书又会被骂。

毛毛先生本名叫毛敬苑，不知道什么时候开始，上门的贵妇太太们叫他毛毛。与年轻人亲热起来，贵太太们也自觉得年轻。毛毛先生懂这心理，本来他就是怎样都好的一个人。渐渐地，竟没有人知道他的本名，他自己也像是忘了的样子。

伊纹第一次去毛毛的珠宝店，刚好轮到毛毛先生看店。一般总是毛毛先生的妈妈看店，而毛毛先生在二楼设计珠宝或是选宝石。珠宝店的门面倒也说不上是气派或素朴，就是一家珠宝店，很难让人想到别的。

伊纹其实早已忘记她什么时候第一次见到毛毛了，只是不知不觉间习惯要见到他。但是毛毛先生记得很清楚。伊纹那天穿着白地碎花的连身无袖洋装，戴着宽檐的草帽，草帽上有缎带镶圈，脚上是白色 T 字凉鞋。伊纹按了门铃，推开门，强劲的季风像是把她推进来，洋装整个被吹胖，又迅速地馁下去，皱缩在伊纹身上，她进屋子把帽子拿下来之后，理头发的样子像个小女生。虽然说总是伊纹来去，而毛毛坐在那里，但毛毛再也走不出去了。伊纹整个人白得像一间刚粉刷而没有门的房间，墙壁白得要滴下口水，步步压缩、进逼，围困毛毛的一生。

毛毛向伊纹道午安，伊纹一面微微鞠躬一面说她来看看。“请问大名？”“叫我许小姐就好了。”那时候伊纹刚结婚，在许多场合见识到钱太太这头衔的威力，一个人的时候便只当自己是许小姐。毛毛本能地看了伊纹身上的首饰，只有右手无名指一枚简单的麻花戒。或许只是男朋友。毛毛立刻被自己的念头吓到。“有要找什么吗？”“咦，啊，我也不知道。”伊纹笑了，笑容里有一种极其天真的成分，那是一个在人间的统计学天然地取得全面胜利的人才有的笑容，一个没有受过伤的笑容。“要喝咖啡或茶吗？”“啊，咖啡，咖啡太好了。”伊纹笑眯了眼睛，睫毛像电影里玛丽·安托瓦内特的扇子。毛毛心头凉凉的，是屋外有冰雹的凉，而不是酒里有冰块的凉。那么美的笑容，如果不是永远被保护在玻璃雪花水晶球里，就是受伤。

伊纹顺一顺裙子，坐下来，说她想看那对树枝形的耳环。小指长的白金树枝上细细刻上了弯曲的纹路和环状的树节，小钻像雪一样。伊纹被树枝演衍出来的一整个银白色宇宙包围。伊纹四季都喜欢——就像她喜欢生命而生命也喜欢她一样——但是，硬要说，还是喜欢冬天胜过夏天，抬起头看秃树的细瘦枯手指衬在蓝天上，她总感觉像是她自己左手按捺天空，右手拿支铅笔画上去的。伊纹用双手捧起咖啡杯，不正统的姿势，像在取暖。小羊喝奶一样嘬嘴喝咖啡，像是为在雪花树枝面前穿得忒少而抱歉地笑了。从来没有人为了他的珠宝这样入戏。

伊纹在镜子前比了比，却忘了看自己，只是从另一个角度看那小树枝。她自言自语道："好像司汤达啊。"毛毛先生自动接下去："萨尔斯堡的结晶盐树枝。"伊纹把耳朵、小牙齿、长脖子、腋下都笑出来。"第一次有人知道我在自言自语什么。这对耳环就是从司汤达的爱情论取材的。是吗？"伊纹说破了毛毛，却觉得此刻是毛毛看透她。毛毛很动荡。仿佛跌进盐矿里被结晶覆盖的是他。他身上的结晶是她。她是毛毛的典故。她就是典故。伊纹不觉得害臊，新婚的愉悦还停留在她身上，只觉得世间一切都发乎情，止乎礼。伊纹从此喜欢上毛毛这儿，两个人谈文学一谈就是两三个小时。偶尔带走几个从文学故事幻化而来的首饰，伊纹都觉得像走出乌托邦，走出魔山，走出糖果屋。她不知道对毛毛来说，这不只是走出糖果屋，根本是走出糖果。

这时候毛毛先生只知道她是许小姐。在楼上对着镜子偷偷练习“叫你伊纹”。“叫我伊纹就好啰”。

伊纹常常带三块柠檬蛋糕来找毛毛，一块给毛妈妈，一块给毛先生，一块给自己。一面分，一面倔强地对毛毛先生说：“不能怪我，那么好喝的咖啡没有配蛋糕实在太狠心了。我就是草莓季也不买草莓蛋糕，毛先生知道为什么吗？”“不知道。”你笑得像草莓的心。“因为草莓有季节，我会患得患失，柠檬蛋糕永远都在，我喜欢永永远远的事情。”伊纹接着说下去，“学生时期我跟坐在隔壁的同学变成好朋友，我心底都很害怕，如果她不是坐我隔壁，我们还会是朋友吗？又对自己这样的念头感到羞愧。”

“所以许小姐不是路过？”伊纹又笑了：“对，我不是路过。”看着你切蛋糕的时候麻花戒指一闪一闪的。毛毛没有说，那如果你知道你第一次按门铃，走进来，那一串“铃”字在我身上的重量，你还会按吗？伊纹继续说：“所以啊，我喜欢比我先存在在这世界上的人和事物，喜欢卡片胜过于E-mail，喜欢相亲胜过于搭讪。”毛毛接了下去：“喜欢孟子胜过于庄子，喜欢 Hello Kitty。”成功逗你笑了，你笑得像我熬夜画设计稿以后看见的日出，那一刻我以为太阳只属于我。我年纪比你大，我比你先存在，那你可以喜欢我吗？毛毛低头铲咖啡豆，低头就看见伊纹有一根长头发落在玻璃台面上。一看心中就有一种酸楚。好想捡起来，把你的一部分从柜台的彼岸拿过来此岸。想把你的长头发放在床上，假装你造访过我的房间，造访过我。

伊纹在珠宝和毛毛面前很放松。一个是从小习惯了，一个是他仿佛很习惯她。伊纹很难得遇见面对她而不是太紧张或太大方的男人。她很感激毛毛，觉得毛毛他自身就像从她第一次造访就沿用至今的咖啡杯一样——就算她没来的期间给别人用过，也会再洗得干干净净的。她不知道毛毛从此不让人碰那咖啡杯了。懂得跟她一样多的人不是不多，但是能不卑不亢地说出来的人很少。毛毛把一个作家写一本小说花费的十年全镂刻进一枚别针里，上门的富太太们从来不懂，他也不感觉糟蹋或孤高，只是笑吟吟地帮太太们端着镜子。

毛毛有时候窝在楼上画设计图，画到一半手自动地移到稿子的边角画起一枚女式九号麻花戒。戒指里又自动地画上一根无名指。回想你叫我毛先生的声音，把这句话截断，剩下一个毛字，再播放两次：毛毛。第一次知道自己的小名这样壮丽。无名指旁又自动画上中指和小指，椭圆形的指甲像地球公转的黄道。你是从哪一个星系掉下来的？你一定可以原谅我开车从店里回家的路上，看到唯一被都市放过的一颗星星还亮着，就想到未完的稿子，想到未完的稿子就要熬夜，熬夜看见日出了还是要去店里，看着店里的电子行事历就在心里撕日历，就想到再一天就又可以看见你了。到最后我竟然看见星星就想到你，看见太阳也想到你。手又自动地画起了食指和拇指，指头上的节和手背上的寒毛。不能再画下去了。其实只要每个礼拜看到你好好的就好了。

那天伊纹又带了三块蛋糕来。毛妈妈看到伊纹，马上说："请等等，我去叫毛毛下来。"千层派皮上高高堆垛了香草卡士达。伊纹一拿蛋糕出来，就告解一样对毛毛说："一年四季都吃得到香草蛋糕，那是因为欧陆从前殖民中南美洲，我还这么喜欢吃香草口味的甜食，想想我其实很坏。"毛毛先生的笑浅浅的，可以一把舀起来喝下去的样子。不知道为什么，无论伊纹带来的甜食有多少奶油，从来不会沾到毛毛先生的小胡子。两个人很自然地从殖民谈到康拉德。

毛毛收拾桌面，伊纹正面说道：“我自己是女人，却从来读不出康拉德哪里贬抑女人。”突然张太太按门铃，走进来了。奇怪，张太太的一头红鬈发本应该远远就看到。张太太的声音比寒流还激动：“哎呀，钱太太也在这里，怎么没邀我啊，干脆咱大楼在这儿开派对啊，毛毛你说好不好？”

钱太太。毛毛的心整个变成柠檬，又苦又酸，还被削了皮又榨了汁。我一直以为的眼熟，是像大众言情小说里那种一见如故，那种上辈子看过你。原来我真的看过你，原来那天那个让人无法直视的新娘是你。原来我飞到香港挑的粉红钻戴在你脖子上。伊纹的笑容像视觉暂留。毛毛先生的笑容搁浅在唇髭上。张太太的声音像竞选车一样，那么大声，可是没有一个字听进去。张太太走了之后，伊纹抱歉地笑了：“对不起，我一直不好意思叫自己钱太太。”毛毛慢慢地、轻轻地说：“没关系。”你那样对我笑，我怎么可能不原谅你。反正我本来就是最没关系的人。

后来入夏，毛毛先生是唯一发现伊纹的长袖没有随着季节脱下来的人。除了思琪她们以外。毛毛责备自己是不是想看见伊纹的手臂。伊纹除了袖子，还多出一种畏寒的表情。当他问她要不要咖啡的时候，她会像被吓到一样，声音跳起来："嗯？"他知道她低头的时候不是在看首饰，只是怕泛红的眼眶被看见。也知道她抬起头不是为了看他，只是不要眼泪流出来。你怎么了？要是我不只是你的珠宝设计师就好了。我宁愿当你梳子上的齿。当你的洗手液的鸭嘴。你怎么了？你怎么了？你怎么了？

那天张太太和吴妈妈、陈太太一齐来看新一批的珠宝。说是看珠宝，还是八卦的成分多。人人都知道毛毛和毛妈妈等于是没有嘴巴。毛妈妈招呼她们。毛毛先生捧着刚影印好的设计图，纸张热腾腾的像刚出炉的面包，下楼梯的时候，他听见张太太的声音："所以说，都打在看不见的地方吗？""打得很厉害吗？""当然厉害！小钱先生以前可是陆战队的！我表弟以前也是陆战队的，那个操啊！"毛妈妈听见脚步声停了，跟太太们鞠躬抱歉一句，慢慢地走上楼。上楼看见毛毛把设计图揉成球往墙上扔。毛妈妈只是自言自语似的，用面线白米的口气说一句，就又下楼了："不要傻了，人家就算离婚也不会跟你在一起。”原来毛妈妈早就知道了。也许比毛毛自己还早知道。

他想起有一次伊纹一面拿着一枚鸡尾酒戒端详，一面说：“这枚我好像看过？”他马上把她第一天第一次来这里翻过的首饰全端上来，连她那天的衣着都流利地背出来。像背“白日依山尽”一样清瘦而理所当然的声音。想起伊纹那时候惊喜的笑容，笑里却有一种往远处看的表情，像是看不到现在。

毛毛先生晚上开车回到家，打开计算机看新闻，有人贪污，有人偷窃，有人结婚。他觉得新闻的白地比平时还要白，而黑字又比平时还要黑。他解开裤子，想着伊纹。伊纹笑起来的时候睫毛簇拥到一起，刚认识她的一个夏日，她的肩膀在小背心之外露出了酒红色蕾丝的肩带，趴下去看橱窗的时候乳被玻璃挤出了领口，想着她念法文时小红舌头在齿间跳跃。一面想着伊纹一面自慰。满室漆黑，计算机屏幕的光打在毛毛身上，他的裤子瘫在小腿上。没办法打下去了。毛毛裸着下半身，小学毕业以来第一次哭了。

在李国华的台北小公寓，思琪坐在地板上摩挲沙发扶手卷起来的绒布羊角，一面摸一面说："老师，你可以带我去看医生吗？""你怎么了？""我——我好像生病了。""你不舒服吗？你该不会怀孕了吧？""不是。""那是什么？""我常常会忘记事情。""忘记事情不是病。""我的意思是，真的忘记事情。""你这样讲话老师听不懂。"小小声地说："你当然听不懂。"李国华说："你对老师不礼貌哦。"思琪指着地上自己的衣裤，说："你这是对学生不礼貌。"李国华沉默了。沉默像冰河一样长。"我爱你，我也是会有罪恶感的，你可以不要增加我的罪恶感吗？""我生病了。""你到底生什么病？""我常常不知道自己有没有去学校。""听不懂。"思琪吸了一口气，鼓起耐心开始说："我常常在奇怪的时候、奇怪的地方醒过来，可是我不记得自己有去过那些地方，有时候一整天下来我躺在床上才醒过来，我完全没有印象自己一整天做了什么，怡婷常常说我对她很凶，可是我根本不记得我有骂她那些话，怡婷说那天我上课到一半就直接走出教室，可是我根本不知道那天我有去学校，我忘记了。"

思琪没有说的是，而且她没有办法睡觉，因为她连趴在桌上十分钟也会梦见他插进她，她每次睡着都以为自己会窒息而死。她只好每天酗咖啡，怡婷被磨豆的声音吵醒，气呼呼走出房间，每次都看到月光下思琪脸上牵着亮晃晃的鼻涕在泡咖啡。怡婷说："你有必要这样吗，像骷髅一样，你拿我的作业去抄，老师又跟你在一起，现在你连我的睡眠也要拿走？"思琪也不记得那天她拿起磨豆机就往怡婷砸，她只记得她有一天竟没跟怡婷一起走回家，开门也不熟悉，拿成了他小公寓的钥匙，插半天插不进去，终于开好门以后，就看到客厅一地的渣滓。

思琪高中几年，除了李国华，还会梦到别的男人强污她。有一次梦见数学课的助教，助教瘦黑得像铅笔芯，喉结鼓出了黑皮肤，撑在她上面吞口水的时候，喉结会哆嗦一下，喉结蠕动着说："都是你的错，你太美了。"喉结像电影里钻进人皮肤底下的蛋白石颜色甲虫，情话钻进喉结里，喉结钻进助教的喉咙里，而助教又钻进思琪里。有很久她都不能确定那是否只是梦。每次数学课改考卷，思琪盯着助教念ABCD，A是命令，B是脏话，C是嘘了，要她安静，D是满足的微笑。直到有一天，助教在讲台上弯腰，思琪无限地望进他的衬衫，她发现助教从不戴项链，但是梦里的助教佩戴着小小的观音玉坠子。所以是梦。还有一次梦到小葵。也是很久都不知道那是否只是梦。直到有一天伊纹姐姐在电话里说小葵在美国读书，三年了都没有回来。原来是梦。还梦过刘爸爸。梦过她自己的爸爸。

李国华想到书里提到的创伤后压力症候群，以前叫作退伍军人病的。创伤后压力症候群的症状之一就是受害人会自责，充满罪恶感。太方便了，他心想，不是我不感到罪恶，是她们把罪恶感的额度用光了。小女生的阴唇本身也像一个创伤的口子。太美了，这种罪的移情，是一种最极致的修辞法。

李国华问思琪："你要看心理医生吗？还是你想要跟心理医生讲些什么？心理医生会从你那儿问出什么？"思琪说："我什么都不会说的，我只是想睡好，想记得东西。""你这样多久了？""三四年吧。""怎么可能三四年你都不声不响？现在就要看医生，照你说的，你根本就不正常啊！"思琪慢吞吞地说："因为我不知道是不是只有我会这样。"李国华笑了："正常人哪会那样呢？"思琪看着指甲，慢慢地说："正常人也不会这样。"李国华又沉默了，沉默是冰山一角，下面有十倍冰冷的话语支撑着。"你是要找架吵吗？你今天为什么这么不听话？”思琪把另一只白袜子穿上，说：“我只是想好好睡一觉。”然后她不说话了，这件事再也没有被提起。

出小公寓，大楼门口，骑楼下有街友。地上的铁便当盒里硬币散如米饭上的芝麻。街友在用手移动下身的断肢。思琪按着裙子蹲下去，和街友平视，把钱包里的零钱哗啦哗啦倒出来，捧着放到他手上。街友揣着钱，一面折了又打开身体，一面右脚的残肢磕在砖地上响亮的一声一声。他连连说：“好小姐，你一定会福如东海，寿比南山，福如东海，寿比南山啊。”思琪微笑，大楼的穿堂风把她的头发泼起来，蜜在护唇膏上。她无限信服地说了谢谢。

上出租车之后，李国华对她说：“很好，你爸爸妈妈教得好，你不知道晞晞已经领养了几个黑小孩——但是你别再给那个乞丐了，我好歹算半个名人，我们两个在门口磨磨蹭蹭的，不好。”思琪没有说话，她只是把沾在嘴唇上的头发拈下来。啃着发梢，被口水濡湿的头发在嘴里沙沙作响，她开始白日梦，她想，啊，这个沙沙的声音，在路树哭叶的季节，有一条铺满黄叶的大河，任自己的身体顺着这河漂流，一定就是这样的声音。老师还在讲晞晞领养的小孩。做外祖父的人了，思琪突然笑出来。老师问她笑什么。“没事。”“你真的有在听我说话吗？”“有。”思琪一边含着发尾一边心想：你真的有要我听你说话吗？

小公寓有贮藏间，别墅有仓库。李国华就是那种被打发去买菜，也会把整个超市每一种菜都买过一轮的人。他有时候会觉得，赚钱，大量搜集古董，是对他另一面的生活最好的隐喻。他总是对小女学生说：“我有好玩的东西给你看。”心里头激动不已，因为这句话的双关如此明显，却从来没有人发现。他指点着被带去小公寓的女学生，要她看墙上的胶彩仕女图。仕女在看书，眉眼弯弯如将蚀之月。女学生试图看懂那画的时候，他从后面把她的四肢镣成一束，而另一只手伸出去，他总说这一句：“你看，那就是你。你知道在你出现之前我有多想念你吗？”被带去卧室她们总哭。而客厅里的仕女的脸孔还总是笑吟吟、红彤彤、语焉不详的。

李国华只带思琪去他在内湖的别墅一次。别墅仓库里满满是古董。门一推开，屋外的阳光投进去，在地上拉开一个金色的平行四边形。一尊尊足有小孩高的木雕随意观音，一个跌在另一个身上，有的甚至给新来的磕掉了口鼻。无数个观音隔着一扇扇贝壳屏风和一幅幅苏绣百子图，隔着经年的灰尘，从最幽深处向思琪微笑。思琪感到一丝羞辱，淡淡地说：“看不懂。”他狡猾到有一种憨直之色，问她：“当初给你上作文课，你怎么可能不懂。你那么聪明。”思琪认真想了想，说：“我觉得，以为自己有能力使一个规矩的人变成悖德的人，是很邪恶的一种自信。也许我曾经隐约感到哪里奇怪，但是我告诉自己，连那感觉也是不正当的，便再也感觉不到。”她理直气壮的声音又瘫痪下来，“但也许最邪恶的是放任自己天真地走下楼。”

说是带她去别墅，其实还只是带去别墅二楼客房的床上。他又假寐，思琪继续说下去，前所未有地多话，像是从未被打断过：“以前，我知道自己是特别的小孩，但我不想以脸特别，我只想跟怡婷一样。至少人们称赞怡婷聪明的时候，我们都知道那是纯粹的。长成这样便没有人能真的看到我。以前和怡婷说喜欢老师，因为我们觉得老师是‘看得到’的人。不知道，反正我们相信一个可以整篇地背《长恨歌》的人。”

星期一拉她去“喜”字头的小旅馆，星期二“满”字头小旅馆，星期三“金”字头小旅馆，喜满金很好，金满喜也很好，在岛屿上留情，像在家里梦游，一点不危险。说书，说破她。文学多好！

那次思琪问她之于他是什么呢？他只回答了四个字：“千夫所指。”问他是千夫所指也无所谓吗？记得老师回答：“本来有所谓，但是我很少非要什么东西不可，最后便无所谓了。”便第一次地在大街上牵起她的手，他自己也勇敢不已的样子。虽然是半夜，陋巷里，本来就不可能有人。抬头又是满月，她突然想到天地为证那一类的句子。走回小公寓，他趴在她身上，她只感觉到手背上给月光晒得辣辣的，有老师手的形状留在那里。想到“千夫所指”这个成语的俗滥，可以随意置换成“千目所视”，甚至“千刀万剐”，反正老师总是在照抄他脑子里的成语词典。思琪很快乐。

李国华回高雄的期间，思琪夜夜发短信跟他道晚安。转背熄了灯，枕了头，房间黑漆漆的，手机屏幕的光打探在她脸上，刻画出眉骨、鼻翼、酒窝的阴影。酌量字句的时候，不自觉歪头，头发在枕上辗着，辗出流水金沙的声音。整个头愈陷愈深。发短信的口吻也还像从前中学时写作文那样。

道了晚安也不敢睡着，怕做梦。看着被子里自己的手，不自觉握着他送的说能帮助入眠的夜明珠。夜明珠像摘下阴天枝头的满月，玉绿地放着光。可是满月太近了，那些坑坑疤疤看得太清楚了。

李国华最近回高雄老是带礼物给师母和晞晞，带最多的是古董店搜来的清朝龙袍。一涮开来，摊在地上，通经断纬的缂丝呈明黄色的大字人形，华丽得有虎皮地毯之意。晞晞一看就说："爸爸自己想搜集东西，还把我跟妈咪当成借口。"而李师母一看就有一种伤感，觉得自己永远不会理解她的枕边人。死人的衣服！有的还给斩了首示了众！她总是苦笑着说："这我看不懂，你自己拿回去研究吧。"师母不知道那是另外一种伤感——受伤的预感。李国华每每露出败阵而驯顺的模样，乖乖把龙袍收起来。下一次再送的时候他几乎相信师母是真的可能喜欢。皇后的明黄不喜欢，那妃的金黄呢？妃的金黄不喜欢，那嫔的香色呢？一件一件收回自己小公寓的贮藏间，最后几乎要生起气，气太太永远不满意他的礼物。又一转念，高贵地原谅太太。

每次收礼，李师母心中的恐惧都会以伤感的外貌出现。

对师母而言，伤感至少健康，代表她还在恋爱着这人。他从十多岁就不善送礼，好容易两人第一次去海外，他在当地的小市集挑了在她看来根本等于破烂的小古董回家。这还是蜜月旅行。刚刚在补习班一炮而红那年，他有一天揣着一尊唐三彩回家，“三彩，主要是黄、绿、白，但当然三不只有三种颜色，三代表多数”，直到她跟着他念一次“黄、绿、白”，他才松手说：“这是送你的。”

这么多年，李师母唯一不可思议的是他宠晞晞到固执的地步，晞晞十多岁就买上万块的牛仔裤，上了中学便拿名牌包。她也不好生气，生气，她从此就变成两个人当中黑脸的那一个了。问他可不可以拜托同补习班的老师帮晞晞补习，他只说了两字：“不好。”她隐隐约约感觉他的意思是那些人不好，而不是这个主意不好。同衾时问了：“补习班那些人是不是不太好？”“怎么不好？跟我一样，都是普通人。”手伸过去抚摩她的头发，常年烫染的头发像稻壳一样。对她微笑，“我老了。”“如果你老了，那我也老了。”“你眼睛漂亮。”“老女人有什么漂亮。”李国华又微笑，心想她至少还有眼睛像晞晞。她的头发是稻壳是米糠，小女生的头发就是软香的熟米，是他的饭，他的主食。李师母只知道他不会买礼物是始终如一。思琪在台北愈是黏他，他愈要回高雄送礼物，不是抵消罪恶感，他只是真的太快乐了。

思琪她们北上念书之后，伊纹的生活更苍白了。她开始陪一维出差。最喜欢陪一维飞日本，一维去工作，她就从他们在银座的公寓里走出来，闲晃大半天。日本真好，每个人脸上都写着“待办事项”四个字，每个人走路都急得像赶一场亲人的喜事，或是丧事。一个九十秒的绿灯日本人只要十秒就可以走完，伊纹可以慢慢地走，走整整九十秒，想到自己的心事被投进人潮之中变得稀释，想到她总是可以走整整九十秒的斑马线，黑、白，黑、白地走。她浪费了多少时间啊。她还有那么多的人生等着被浪费！

一维每次来日本都会找一个他以前在美国念书的好朋友，他们总讲英文，伊纹也跟着一维唤他吉米。每次请吉米上公寓，伊纹总要先从附近的寿司店订三盒寿司便当，日文夹缠在英文里，便当连着朱砂色漆器一齐送过来，上面有描金的松竹梅。松树虬蜷的姿势像一维的胸毛。竹子亭亭有节，像一维的手指。

一朵粘在歪枝上欲落未落的梅花像一维的笑容。

吉米是个矮瘦的男人，在日本住忒久也看得出他有一股洋腔洋调，也说不出为什么，也许是衬衫最上面两颗解开的扣子，也许是鞠躬时的腰身不软，也许是他都直接唤她伊纹。今天，一维跟伊纹说：“本来毕业了就想拉吉米到公司工作，但是他太聪明了，我不能想象他会甘愿待在我手下。”在日本，伊纹只要傻傻地当个好太太就好了，在日本的一维也确实让她甘心只做个太太。只是，这次一维回家的时候带了一瓶大吟酿，伊纹看见长形木盒的脸色，就像看着亲人的棺材。晚上，吉米下班就来访了，看见满桌的饭菜马上大声用英文说：“老兄，你怎么不多来日本啊？”一维笑得像枝头不知道自己是最后一朵的梅花。唤老兄，拍肩膀，击拳头，在伊纹看起来都好美，那是在异国看见异国。只有吃完饭一维叫她拿酒出来的时候她才像醒了一样。

一维上楼中楼，拿要给吉米的台湾伴手礼，伊纹说了声不好意思就离开座位，从饭厅走向厨房，木盒像个不可思议的瘦小婴孩的棺木。吉米坐在饭桌前。一维在楼上看见吉米盯着伊纹的背影看，伊纹蹲下来拆箱子的时候露出一截背跟臀连接的细白肉，可以隐约看见伊纹脊椎的末端一节两节凸出来，往下延展也隐约可以想见股沟的样子。他的地盘。这里是他的地盘，那里也是他的地盘。一维突然觉得阁楼的扶手像拐杖一样。若无其事走下楼，酒倒好了，小菜也齐了。从大学兄弟会谈到日本黑道，从寿司谈到“二战”时冲绳居民集体自杀。一维讲话愈来愈大声，干杯的时候伊纹每次都以为杯子会迸碎。

聊到深夜的时候，伊纹累了，说抱歉，趿着拖鞋进卧室找亮眼的眼药水。一维跟吉米招招手就跟进去。一维抱住伊纹，从背后伸手进去。伊纹小声地说：“不行，不行，一维，现在不行。”一维把手伸到别的地方。“不行，一维，那里不行，真的不行。”一维除了手掌，手指也动用了，除了嘴唇，舌头也出动了。“不可以，一维，不可以，现在不可以。”一维开始解开自己。“至少让我把卧室的门关起来，一维，拜托。”一维知道吉米全听见了。

吉米坐在饭厅听伊纹，懒散地把头靠在高椅背上。一个中国台湾人，中年了也夜深了还逗留在日本首都的黄金地段，十多坪的饭厅天花板上裸露出正年轻的美东夜空，听朋友的老婆。摇摇晃晃出了他们的公寓门，路边居酒屋写着汉字，看起来跟台湾的招牌一模一样。而橱窗里的人形模特应该是头的地方是一个个钩子状的问号。

一个季节刚刚过完，一维又得去日本。伊纹在旁边听一维跟吉米讲电话，眼前新闻在说什么突然都听不懂了。

有时候思琪从台北打电话回高雄给伊纹，思琪讲电话都跟白开水一样，哗啦哗啦讲了半小时，却听不出什么。那天房妈妈半嗔半笑说思琪从不打电话回家，伊纹在席上凝固了脸孔。下次思琪再打电话回来更不敢问她学校如何，同学如何，身体心情如何，太像老妈子了。她知道思琪不要人啰唆，可是她不知道思琪要什么。她每次哗啦啦讲电话，讲的无非是台北雨有多大，功课多么多，可是真要她形容雨或作业，她也说不上来，就像是她口中的台北学生生涯是从电视上看来的一样。伊纹隐约感觉思琪在掩盖某种惨伤，某种大到她自己也一眼望之不尽的烂疮。可是问不出来，一问她，她就讲雨。只有那天思琪说了一句，今天雨大到“像有个天神在用盆舀水洗身子”，伊纹才感觉思琪对这个梦幻中的创伤已经认命了。

怡婷倒是很少打给她，也不好意思问刘妈妈怡婷有没有音信。

伊纹不喜欢夏天，尽管从没有人问她，她总觉得满街满城的人对她的高领抱着疑问，她觉得那些爪状问号像钩子一样恨不得把她的高领钩下来。这次到了东京，伊纹照例向寿司店订了寿司。描金的朱色漆器看起来还是像一维，可是订了这么多次，盒器堆堆栈叠在楼中楼，斜阳下有一种惨淡之意。愈是工笔的事情重复起来愈显得无聊。伊纹幽幽地想，自己若是到了四十岁，一维就六十几岁了，那时他总不会再涎着脸来求欢了。可是说不准还是打她。单单只有被打好像比较好受。比下午被上晚上被打好受。想到这里就哭了，眼泪滴在地上，把地板上的灰尘溅开来。连灰尘也非常嫌弃的样子。

今天一维和吉米没有喝酒。光是谈马英九的连任就谈了一晚上。伊纹不知道，自己听见一维叫她，眼睛里露出惊吓的表情。吉米说谢谢伊纹的招待，问一维可以陪他走一段吗。一维笑说这好像送女生回宿舍门口。

吉米一踏出门，被风吹眯了眼睛，热风馁在马球衫上，吹出他瘦弱的腰身。一维亲热地勾着吉米的脖子，无意识地展示他物理上或任何方面都高人一等。吉米眯着眼睛看一维，用他们的英文开口了："老兄，你打她了，对吧？"一维的笑容一时收不起来："你说什么？""你打她了，对吧？"一维放开吉米的脖子，浅浅说一句："飞一趟听你跟我说教。"吉米推一维一把，看着他簇新的衣领一时间竟幻想到伊纹拥抱着一团脏衣服跟洗衣机搏斗的样子，才没有把他推到墙上去。"哦，这真的一点都不酷，你搞不搞得清楚状况啊？"一维没有回推他，只是站得用力，让人不能动摇他半分，他说："这不关你的事。""靠，你真的是浑蛋，你以为她像以前那些女孩子一样，拿一些钱就闭嘴走人？她是真的爱你！"一维停顿一下，像是在思考，又开口，微微笑说："我看到你在看她。""你说什么屁话？""我说的屁话是，我看见你盯着我的老婆看。"一维继续说，"就像以前在学校你老是跟着我追同一个女人。"此时，吉米的脸看起来像家家户户的冷气滴下来的废水一样，一滴一滴的。滴，滴答，滴，滴答。吉米叹口气："你比我想象的还糟。"说完就转身走了。一维这才发现满街都是人，太阳照在东方人的深色发上，每一个头颅都非常圆滑、好说话的样子。一转眼就找不到吉米的身影了。

伊纹第一次见到吉米是在婚礼后的派对上。婚礼是老人的，派对是我们的。伊纹喜欢一维说“我们”两个字，他说“我”字嘴唇嘟起来欲吻的样子，“们”字的尾巴像一个微笑。一维真可爱。

婚礼上有官，有媒体，那都算了；伊纹和一维去定制婚纱，伊纹喜滋滋地画了心目中婚纱的样子，简单的平口，很蓬很蓬的纱裙，背后有一排珍珠扣。“我不知道你会画画。”“你不知道的还很多。”手摸进她的腰：“那你什么时候让我知道呢？”“你很坏。”伊纹笑得手上的画笔都颤抖，纸上的纱裙皱纹愈来愈多。一维回家，老钱太太一看设计图就说不行：“她干脆把胸部捧出去给人看好了。”婚纱改成蕾丝高领长袖，鱼尾的款式。伊纹自我斗争一下就想：算了，婚礼只是一个日子，以后我爱怎么穿就怎么穿，在家里脱光光也可以。想到这里笑出声来，笑到睫毛像群起革命一样拥戴她的眼睛，大眼睛淹没在睫毛里。

婚礼之后包了饭店高楼层的露天餐厅，在泳池旁开了派对。请的都是一维的朋友，大家都讲英文。伊纹蜡在那儿给人拍打照相，对她而言，这只是穿上喜欢的衣服的日子。香槟、红白酒一瓶一瓶地开，有人喝到走进泳池里。那人从水里甩出头，第一句就骂了：“靠，我可以湿，手机不能湿。”大家都笑了。

一维在美国念书的时候参加了大学的兄弟会，入会资格只有两种：一是很有钱，二是很聪明。伊纹没有问过一维是靠哪一种进去的。一维喝起酒来闹得真凶。一维对麦克风大喊：“吉米，你在哪儿？给我到台上来。”“谁？”伊纹凑过去问。“我要介绍给你，我的兄弟。”

伊纹站在台上，看见人们一丛一丛聚在一起招呼了又分开，分分合合比干杯还快。一个人走过来，一个人走过去，像在打一种复杂的毛线，一个人穿过一个人，再一个人织进另一个人里面。脱下西装外套的来宾看起来跟打领结端小菜的侍者没有两样。吉米？谁？仿佛有一个矮小的男人朝这里走过来，又马上被一个胖大的身影遮住。胖大男人走了。每个人都是古埃及壁画似的侧面，只有那矮小的男人直面着他们走来。又有人把那矮小男人遮住。伊纹感觉自己的智力正在渐渐褪色。那个矮小男人终于近了，暴露出整个的自己，他走到台上，跟一维拥抱。在高大的一维怀里矮得像个小孩。“哦，这是吉米，全校最聪明的人，聪明到我不敢叫他来我们公司上班。”“吉米你好，叫我伊纹就好啰。”

闹到深夜，伊纹累得溜进室内，在饭店的长桌上就趴着睡着了。吉米去找厕所的时候，被这一幕迷住了：室内太暗了，满室金银像被废弃一样，两张六十人的长桌平行着，那么长，从这里望过去，桌的另一端小得像一个点，长到像绘画教学里的透视技法。小小的新娘子趴在这一头，粉色洋装外露出背部、肩颈、手臂，白得要化进白桌巾。外面的灯光透过格子窗投进来，光影在桌上拉出一个个菱形，像桌子长出异艳的鳞片。新娘子像睡在神话的巨兽身上，随时会被载走。

一维走进来了。“嘿。”“嘿。”他们一起看着这个画面。伊纹的背均匀地起伏。“老兄，要对她好，你知道我的意思吗？”吉米小声说完这一句，就插着口袋去厕所了。

一维用西装外套盖住伊纹。回到外头，他拿着麦克风，用英文说：“好了，大伙儿，睡觉时间到了。”兄弟会里最疯的泰德高举酒瓶，大声说：“哦，少来了，全世界都知道你急着想回家干吗。”一维笑了：“哦，泰德，Fuck you。”泰德手里的酒洒出来：“哦，你将要fuck的不是我。”一面做着猥亵的姿势。大家笑得更厉害了。而屋子里的伊纹只是静静地睡着，窗外灯光移动的时候，伊纹也长出了鳞片，像是她自己也随时可以起飞。

房思琪放学了总是被接回李国华的公寓。桌上总是摆了一排饮料，老师会露出异常憨厚的表情，说：“不知道你喜欢什么，只好全买了。”她说：“我喝什么都可以，买那么多好浪费。”他说：“没关系，你挑你喜欢的，剩下的我喝。”思琪觉得自己跳进去的这个语境柔软得很怪异。太像夫妻了。

思琪拿了咖啡起来喝，味道很奇怪。跟手冲咖啡比起来，便利商店的罐装咖啡就像是一种骗小孩子的咖啡——跟我的情况很搭。思琪想到这里，不小心笑出声来。“什么那么好笑？”“没事。”“没事笑什么？”“老师，你爱我吗？”“当然，我在世界上最爱的人就是你，从来没想到我这么老了竟然才找到了知音，比爱女儿还爱你，想到竟然都不觉得对女儿抱歉，都是你的错，你太美了。”

他从包里掏出一沓钞票，钞票有银行束带，思琪一望即知是十万元。他随意地把钞票放在饮料旁边，就好像钞票也排入了任君挑选的饮料的队伍。“给你的。”思琪的声音沸腾起来：“我不是妓女。”“你当然不是，但是我一个礼拜有半礼拜不能陪你，我心中有很多歉疚，我多想一直在你身边，照料你，打理你的生活，一点点钱，只是希望你吃好一点，买喜欢的东西的时候想起我，你懂吗？那不是钱，那只是我的爱具象化了。”思琪的眼睛在发烧，这人怎么这样蠢？她说：“无论如何我是不会收的，妈妈给我的零用钱很够了。”

李国华问她：“今天没课，我们去逛街好不好？”“为什么？”“你不是欠一双鞋子吗？”“我可以先穿怡婷的。”“逛也不一定要买。”思琪没说话，跟着他上了出租车。思琪看着涮过去的大马路，心想，台北什么都没有，就是有很多百货公司。他们踏进以平底鞋闻名的专柜，思琪一向都穿这家的鞋子，也不好开口问他他怎么认得。思琪坐在李国华旁边试鞋子，店员殷勤到五官都有点脱序，思琪马上看出什么，觉得自己也像是漂漂亮亮浴着卤素灯被陈列在那里。李国华也看出来了，小小声说：“精品店最喜欢我这种带漂亮小姐的老头子。”思琪不可思议地看着他，马上说：“我们走吧。”他说：“不不不，拿了鞋，便结账。”思琪觉得心里有什么被打破了，碎碴刺得她心痛痛的。思琪隔天回到她和怡婷的家，才发现他直接把那沓钱塞进她的书包。马上想到，这人倒是很爱随便把东西塞到别人里面，还要别人表现得欢天喜地。她充满痛楚，快乐地笑了。

从百货公司回到小公寓，思琪还在赌气。老师问她：“别生气了好吗？干吗跟漂亮东西过不去？我说了，那不是钱，那也不是鞋子，那是我的爱。礼物不就是这样美丽的一件事吗？礼物不就是把抽象的爱捧在手上送给喜欢的人吗？”他半蹲半跪，做出捧奉的手势。思琪心想，就好像是古代跟着皇帝跳祈雨舞的小太监，更像在乞讨。讨什么？讨她吗？

他的小公寓在淡水河离了喧嚣的这岸。夏天太阳晚归，欲夕的时候从金色变成橘色。思琪被他压在玻璃窗上，眼前的风景被自己的喘息雾了又晴，晴了又雾。她不知道为什么感觉太阳像颗饱满的蛋黄，快要被刺破了，即将整个地流淌出来，烧伤整个城市。

她穿衣服的时候他又优哉地躺在床上，他问：“夕阳好看吗？”“很漂亮。”漂亮中有一种暴力，忍住没有说出口。他闲散地说：“漂亮，我不喜欢这个词，太俗气了。”思琪扣好最后一颗扣子，缓缓地转过去，看着他袒着身体自信到像个站在广场已有百年的雕像。她说：“是吗？那老师为什么老说我漂亮呢？”他没有回答这句话，只是扬起语气说：“要是能一个月不上课跟你厮混多好。”“那你会腻。”他招招手把她招到床边，牵起她的小手，在掌心上写了“是溺水的溺”。

大起胆子问他：“做的时候你最喜欢我什么？”他只答了四个字：“娇喘微微。”思琪很惊诧。知道是《红楼梦》里形容黛玉初登场的句子。她几乎要哭了，问他：“《红楼梦》对老师来说就是这样吗？”他毫不迟疑：“《红楼梦》《楚辞》《史记》《庄子》，一切对我来说都是这四个字。”

一刹那，她对这段关系的贪婪，嚷闹，亦生亦灭，亦垢亦净，梦幻与诅咒，就全部了然了。

不知不觉已经天黑了，从淡水河的这岸，望过去熙攘的那岸，关渡大桥随着视线由胖而瘦，像个穿着红色丝袜的轻艳女子从这里伸出整只腿，而脚趾轻轻沾在那端市区的边际。入夜了，红色丝袜又织进金线。外面正下着大雨，像有个天神用盆舀水洗身子，泼到了彼岸的黑夜画布上就成了丛丛灯花，灯花垂直着女子的红脚，沿着淡水河一路开花下去。真美，思琪心想，要是伊纹姐姐不知道会怎样形容这画面。又想到，也没办法在电话里跟伊纹姐姐分享。这美真孤独。美丽总之是孤独。在这爱里她找不到自己。她的孤独不是一个人的孤独，是根本没有人的孤独。

思琪在想，如果把我跟老师的故事拍成电影，导演也会为场景的单调愁破头。小公寓或是小旅馆，黑夜把五官压在窗上，压出失怙的表情，老师总是关灯直到只剩下小夜灯，关灯的一瞬间，黑夜立刻伸手游进来，填满了房间。黑夜蹲下来，双手围着小夜灯，像是欲扑灭而不能，也像是在烤暖。又不是色情片，从头到尾就一个男人在女孩身上进进出出，也根本无所谓情节。她存在而仅仅占了空间，活得像死。又想到老师最喜欢幻想拍电影，感觉到老师在她体内长得多深邃的根。

老师从来不会说爱她，只有讲电话到最后，他才会说“我爱你”。于那三个字有一种污烂的怅惘。她知道他说爱是为了挂电话。后来，思琪每次在她和怡婷的公寓的鞋柜上看到那双在百货公司买的白鞋，总觉得它们依旧是被四只脚褪在床沿的样子。

自从张太太她们那次之后，伊纹就没有来过毛毛先生的店里。毛毛先生每天在心里撕日历，像撕死皮一样。每一个见不到你的日子都只是从腌渍已久的罐子里再拿出一个，时间不新鲜了。整个蝉叫得像电钻螺丝钉的夏天，伊纹都没有出现。柠檬蛋糕还是永永远远的，毛毛先生也一样。

那天毛毛先生在店门口讲手机，突然伊纹从远处大马路斑马线上跳进他的眼眶，他马上把电话切断，小跑步起来。白上衣白长裤，一定是你，不是也要追追看。第一次觉得街道无止境地长。“钱太太！钱太太！”她像是听很久才听懂那名衔是在喊她，迟迟地转过来。这一幕像慢动作一样。“是你。”伊纹戴着漆黑的墨镜，不能确定是不是看着毛毛。他在伊纹面前停下来，喘了一下：“钱太太，好久不见。”“啊，毛先生，你好。”“钱太太怎么会路过这边呢？”“啊，咦，我忘记自己要干吗了。”伊纹笑了，皱出她那双可爱的小酒窝，可是此时酒窝却有一种待填补的表情。“我可以陪你走一段吗？”“啊？”“我可以开车载你，我车子就停在那边，”手长长指出去，“那个停车场。”“好吧。”两个人沉默地低头走路的时候，我很难不去看白长裤在你小小的膝盖上一皱一皱地，像潮汐一样。很难不去看你靠近我的这只手用力地握了起来，握出手背上一根一根骨头，像是怕我会情不自禁去牵你。我也无法不去想象你的墨镜下拳头的痕迹。

毛毛帮伊纹打开副驾驶座的车门，好险天气已经凉了，否则车给太阳晒得。毛毛坐上驾驶座。“你要去哪儿呢？”“我真的忘记了。”伊纹抱歉地笑了一下之后，把下唇的唇蜜咬掉。两个人没有一个要先系上安全带。“钱太太。”“叫我许小姐，拜托。”“伊纹。”毛毛念“伊纹”这两个字，就好像他从刚出生以来就有人反复教他这个词，刻骨铭心的。毛毛看见她的墨镜下流出了眼泪，伊纹马上摘了墨镜，别过头去擦眼泪。毛毛一瞬间看见她的眼睛不是给打的，只是哭肿了，但是那血脉的颜色仿佛比乌云颜色的瘀青看了更叫人心惊。

毛毛开始说话，仿佛是自言自语，又温柔得像新拆封的一包面纸，伊纹从没有听过他一次说那么多话。“伊纹，你已经忘记你第一次见到我的情景，可是我没有忘记。有点蠢，三十几岁的人在这边讲一见钟情。我不是贪心的人，可是愈认识你我想知道的愈多，深夜回到家我会对自己背诵你说的话。其实我第一次见到你是在你的婚礼上，大概你那时也没有看见我。我回想起那天，交换誓词的时候，你看着——钱先生——的眼神，我真的愿意牺牲我拥有的一切去换取你用那样的表情看我一眼。”毛毛停顿一下，继续说，“有时候我会想，或许我真的就不是你喜欢的型，我身上没有那种昂贵的血液。”

伊纹不知道什么时候已经拿下墨镜，上唇的唇蜜也被她吃掉了。她沉默了很久很久，两个人都感觉这沉默像在一整本《辞海》里找一片小时候夹进去的小手掌枫叶，厚厚的沉默，翻来覆去的沉默，镶上金边的薄透圣经纸翻页的沉默。伊纹只说了一句话，不知道算不算是回答他，她抬起头，很用力地用红红的小白兔眼睛望进去毛毛的眼睛，她说：“我怀孕了。”

在高雄家里，伊纹一定要看十点的新闻，与其说是看新闻，不如说是倒数着有没有人会打电话来拉一维去喝酒。整点新闻开场的音乐像卡通里的主角变身时的配乐一样，神采奕奕的。今天，电话响了。伊纹发现自己随着电话声直打战。她看见一维说好。她听见一维走进更衣室。她看见衣架被扯动的声音。像是日本一个个吊在那儿的电车扶手，进站的时候会前后晃动。

一维一打开更衣室的门就看见伊纹的脸，原本应该是紧紧贴在门上，那么近。一维笑了：“吓我一跳。”伊纹用身体挡着更衣室，没有要让一维出去的意思，“你怎么了？”伊纹的眼泪一颗颗跳下她的脸颊。“一维，你爱我吗？”“我的蜜糖，我的宝贝，你怎么了？我当然爱你，不要哭，告诉我发生什么事了。”伊纹像跌倒一样啪地坐到地上，两腿大开像个小孩，驼着背把脸埋在手里，哭得像一具孩尸。一维蹲下来，“你怎么了，我的宝贝？”一维从没有听过伊纹的声音这样大。“你不要给我理由不爱你好不好？”伊纹把手上的钻表卸了，往地上一掼，表里的指针脱落了，没有指针的表面看上去像一张没有五官的脸，“我一心一意喜欢你、爱你、崇拜你，你要我当笨蛋我就当，你要我吞下去我就吞，不是说好要守护我爱顾我的吗，到底为什么要打我？”伊纹不断踢动双脚，像个尿失禁的小孩子，哭到没有办法呼吸，手指一格一格耙着书墙，爬到卧室吸气喘药，抱着自己缩在床头柜前抽搐地哭。一维伸手要拍拍她，她以为又要打她，吓得跌倒了，牛奶色的四肢都翻倒。“伊纹，伊纹伊纹我的亲爱的，我不去了，今天不去，以后也不去了，好吗？我爱你，都是我的错，我真的好爱你，我再也不喝了，好不好？”

一整个晚上，一维要碰伊纹，她都露出受惊正逃猎的小羊表情，眼睛大得要掉出来。伊纹哭累了，靠着床的高脚睡着了。一维要把她抱到床上，碰到她的一瞬间，她在梦中拧起了眉头，紧紧咬着牙齿，红红的眼皮像涂了眼影。一维第一次真的觉得自己做错事了。她在一维的臂弯里那么小，放下去的时候对折的腰肢张开来，像一朵花为他盛开。一维去收拾客厅，大理石地上静静躺着他买给她的表和一杯打翻的水。收拾好玻璃碴子，回卧室，已经比深夜还要深，一维发现她醒了，躺在那儿睁大眼睛流眼泪，像是她也没发现自己哭了一样，像是每次他这个时间才回家看到的一样。一维拉张椅子在床边坐下，问伊纹要不要喝水，她说好。扶她起来，她小口小口喝水的样子真可爱。她把杯子还给他的时候，手和杯子一起留在他的手里。她静静地说：“一维，我怀孕了，前几天去医院确定了，我叫他们先别告诉你，应该是在日本有的。”

从此一维和伊纹变成世界上最恩爱的夫妻。一维只要看见婴儿用品就会买一件粉红，一件粉蓝的。伊纹笑他浪费，说如果是男生，用粉红色也没什么不好啊。一维会眯起眼睛说再生一个就不浪费了，一面把小玩具放进推车，一面把伊纹笑着打他的手拿过去吮吻。

思琪和怡婷都是冬天的小孩，十三、十四、十五岁的生日，都是和伊纹姐姐一起过的，因为伊纹也是冬天的小孩。升上高三，要过十八岁生日，思琪只觉得木木的，没有长大的感觉。生日当然不是一种跨过去了就保证长大的魔咒，可是她知道无论如何她都不会再长大了，她的心事就算是喂给一个超级黑洞，黑洞也会打出一串凌乱的饱嗝。更何况黑洞就在她里面。大家都说她太白了，白得像石膏雕塑。她总是会想象一双手伸进自己的肚子，擦亮一支火柴，肚子内壁只刻着那句老师对她说的："雕塑，是借由破坏来创造。"

一维领伊纹上毛毛先生的店，要挑诞生礼给肚子里的宝宝。毛毛先生看着他们手牵手走进来，毛毛的脸看起来就像烧烤店门口那篮任人拿的薄荷糖。"啊，钱先生钱太太，恭喜。"伊纹看着毛毛的眼神像海。我好想往里面大喊，像我们最喜欢嘲笑的日本励志爱情电影那样，把手圈在嘴边，把我的名字喊进你的海眼里。

“宝宝的话，我推荐脚链，对宝宝安全。”一维马上说：“那就脚链吧。”“简单的款式就好。”伊纹接着说。毛毛看见一维的手放在伊纹的大腿上。“简单的话，像这样呢？”几笔就画出来。“就这个吧。”一维看起来很开心。“最近案子有点多，一个月以后可以吗？”一维笑了：“还有九个月给你做！”毛毛笑着回答：“钱先生一定很开心。”“那当然！”“钱太太也一定很开心吧？”“嗯。”送客的时候毛毛发现伊纹穿平底鞋只到一维的胸前，而他必须抬起头才能看见一维的眼睛，必须低下头才能看见伊纹的。你的睫毛在挠痒我的心，可是它没有咯咯笑，它痒得哭了。一维早已坐进驾驶座，上副驾驶座之前，伊纹大大地跟他挥挥手，他却觉得还是睫毛在挥手。回去店里，上二楼，很快地选定了克拉数，画好了一比一的设计图，修改的地方仔细地用橡皮擦擦干净，擦到那脚链在白纸上显得理所当然到跋扈。只要你幸福就好了。

伊纹没有隔几天就上毛毛先生这儿。毛毛问她：“钱太太很开心吧？”前两天才问过同一句话，可是彼此都知道不是同一句话。“嗯，开心，真的开心。”“那太好了。”毛毛发现自己说的是真心话，他全身都睁开了眼睛，吃吃地流泪。只有眼睛没有流泪。“我要来拿给我的小朋友的坠子。”“小朋友？啊，当然。”

一双白金坠链，细细的鸟笼里有青鸟站在秋千上，鸟笼有清真寺穹顶，鸟的身体是水汪汪的搪瓷，眼睛是日出般的黄钻，鸟爪细细刻上了纹路和指甲，鸟笼的门是开着的，轻轻摇晃，鸟和秋千会跟着荡起来。伊纹轻轻晃着坠子，又拈着还给毛毛先生，她手指碰到他的掌心柔软地方的时候，毛毛觉得自己是高岗上被闪电劈开的树。“毛先生真的是艺术家。”“哪里，钱太太客气了。”“太谦虚这点也很艺术家。”“其实做完这个，我心里蛮骄傲的。”两个人都笑了。“心里头骄傲也非常艺术家呢。”你笑起来真美，想把你的笑风化了收在绒布盒子里。

伊纹突然敛起笑容，来回转弄自己的婚戒，又瘦了，一推就推出来。这个象征不好。马上停下玩弄的左手。伊纹开口了：“那天，对不起。”毛毛愣了一下，慢慢地开口，用很小声但不是说秘密的语气：“该说抱歉的是我，我说了令你困扰的话。可是想想，觉得自己给你带来困扰，这样的想法也好像在自抬身价。总之很抱歉。”伊纹默默把青鸟坠子的绒布盒子啪地夹起来，关了一个还有一个。关上盒子，四指和拇指合起来的手势，像是她从学生时代就喜欢逗邻居小孩玩，套着手指玩偶的样子。拇指一张一弛，玩偶说出人话，孩子们笑得像一场大梦。她知道毛毛知道她的手势在做什么。“毛先生喜欢小孩吗？”“喜欢。”他又笑出来，“可是我待在店里十年没看过几个小孩。”伊纹笑了，她说：“我从来没有想过喜欢小孩的人该选什么工作，可以遇到小孩，却又不用管教他们。”他们都笑了。毛毛没有说的是，喜欢你的小孩，就算是钱一维的小孩也会喜欢。

毛毛先生上楼之后一整天都在画一枚鸡尾酒戒，各色搪瓷迷你花卉团团包围一颗大宝石，藤蔓从戒身爬上主石，主石上粘着一双蝴蝶，蝴蝶身上有拉花，花纹里有小宝石。画了一整天，腰酸背痛，起身活络的时候脊椎咔咔响。一枚反正无法实现的鸡尾酒戒。第一次觉得自己画得其实蛮好。第一次做一整天白工。那几天毛毛都在修改那枚鸡尾酒戒，连 3D 图都做好了。为你浪费的时间比其他时间都好，都更像时间。

过没几天，一维竟来毛毛的店里。毛妈妈一如往常端坐在那儿。“啊，钱先生，需要我叫毛毛下来吗？”“好。”

毛妈妈走上楼，特地加重了脚步。“钱先生在楼下。”“钱先生？小钱先生？”“对，找你。”下楼，漾出笑容：“钱先生怎么来了？”马上对自己专业的亲热感到羞愧。就是这人打得你不见天日。原来一维想送伊纹生日礼物。毛毛先生这才知道伊纹的年纪。小心翼翼地问：“有要什么石头吗，多大？”一维挥挥手：“预算无所谓。”又补了一句，“但是不要跟别人一样的。”“要简单还是复杂的？”“愈华丽愈好，愈梦幻愈好，你不知道，伊纹她整天都在做白日梦。”

毛毛突然明白为什么觉得这人奇怪，也许世界对他太容易了，他又不像伊纹宁愿自己有罪恶感也不要轻慢别人，一维的毛病就是视一切为理所当然。马上想到伊纹说她为什么不喜欢维多利亚时期的小说，伊纹说：“‘古典’这两个字，要当成贬义的话，在我的定义就是：视一切为理所当然。”这人真古典。毛毛翻了几张图，一维都说不够。毛毛上楼印了最近那枚戒指的图下来，复印机的光横行过去的时候毛妈妈的眼光也从毛毛身上切过去。一维看一眼就说这个好，就这个吧。联络香港的金工师傅，一个键一个键按电话的时候，毛毛很幸福。没有黑色幽默或反高潮的意思，他只是婉曲地感到本属于伊纹的就一定会到伊纹手上。

再没几个礼拜就要大考，怡婷还是收到很多同学送给她的生日礼物，大部分是书，也不好跟她们讲她早不看这些了，只是道谢。两个人走路回家的路上怡婷撒娇又赌气地对思琪说，礼物在家里。回家以后两个人交换了卡片和礼物，怡婷收到的是银书签，思琪收到的是喜欢的摄影师的摄影集。

怡婷在卡片上写道：

好像从小我们就没有跟对方说对不起的习惯，或者是没有说对不起的机会。很难开口，我只好在这里向你道歉。但是我也不是很确定自己对不起你什么。其实，我听见你夜哭比谁都难受，可是我不理解那哭的意思。有时候面对你，我觉得自己好小好小，我好像一个沿着休火山的火山口健行的观光客，而你就是火口，我眼睁睁看着深邃的火口，有一种想要跳下去，又想要它喷发的欲望。小时候我们夸夸谈着爱情与激情、致福、宝藏、天堂种种词汇的关系，谈得比任何一对恋人都来得热烈。而我们恋爱对象的原型就是老师。我不确定我嫉妒的是你，或是老师，或者都有。与你聊天写功课，我会发现你脸上长出新的表情，我所没有的表情，我心里总是想，那就是那边的痕迹。我会猜想，如果是我去那边，我会不会做得更好？每次你从那边回来，我在房间听你在隔壁哭，不知道为什么，我连你的痛苦也嫉妒。我觉得那边并不在他方，而是横亘在我们之间。如果不幸福，为什么要继续呢？希望你早点睡。希望你不要再喝酒。希望你不要酗咖啡。希望你坐在教室里听课。希望你多回我们的家。说“为你好”太自以为是了，但是我总觉得你在往陌生的方向前进，我不确定是你丢下我，或其实是我丢下你。我还是如往常般爱你，只是我知道自己现在对你的爱是盲目的，是小时候的你支持着我对现在的你的爱。可是天知道我多么想了解你。十八岁是大日子，我唯一的愿望是你健健康康的，希望你也许愿自己健健康康的。很抱歉前几天说了那么重的话。我爱你，生日快乐。

一回家，她们也马上收到伊纹姐姐寄来的礼物和卡片。两个人的礼物一样，是个异常精致的鸟笼坠子，那工丽简直让人心痛。思琪马上浮现毛毛先生穿着蓝衣衫的样子。

伊纹姐姐的字跟她的人一样，美丽，坚强，勇敢。伊纹在给思琪的卡片上写了：

亲爱的亲爱的琪琪，十八岁生日快乐！虽然你们好远好远，但至少有一样好处，这几年的礼物都是用寄的，你就不能退还给我了。我十八岁的时候在干吗呢？我小时候好像幻想过，一过了十八岁生日，我就不是聪明，而是有智慧。甚至还幻想过一夜长高。我十八岁的时候会整本地背《一个人的圣经》《围城》《神曲》和《哈姆雷特》，听起来很厉害，其实此外也没有别的了。十八岁的时候，我没有想象过自己现在的样子，我一直是个苟且、得过且过的人，总以为生活就像背词典，一天背十页就一定可以背完。现在也是这样，今天削苹果，明天削梨子，再往后，就想不下去了。跟你们每天一起念书的时光，是我这一生中最逼近理想未来的时刻。以前，我以为自己念完博士就考大学老师，在大学当助教，当讲师，当副教授，一路走上去，理所当然到可恶。后来你们就是我的整个课堂。我常常在想，我是不是无意中伤害了你们，尤其是你，琪琪。写实主义里，爱上一个人，因为他可爱，一个人死了，因为他该死，讨厌的角色作者就在阁楼放一把火让他摔死——但现实不是这样的，人生不是这样的。我从来都是从书上得知世界的惨痛、忏伤，而二手的坏情绪在现实生活中袭击我的时候，我来不及翻书写一篇论文回击它，我总是半个身体卡在书中间，不确定是要缩回里面，还是干脆挣脱出来。也许我长成了一个十八岁的自己会嫌恶的大人。但是你们还来得及，你们还有机会，而且你们比我有智慧。真的，你相信吗？你还来得及。我现在身体起了微妙的变化，这种变化也许其实跟十八岁的可爱少女所感受到的生理变化是相似的，也许相似到令人匪夷所思的地步。有机会再详细跟你讲。我好喜欢你打电话给我，可是有时我又会害怕，我不敢问你你好吗，大概是我懦弱，我怕听见你跟我说你其实并不好，更怕你不要我担心遂说你好。高三的生活一定很辛苦，有时我还害怕你跟我讲电话浪费了你的时间。好希望有一天，我可以大大方方地问你，你好吗？也大大方方接纳你的答案。我想念我们念书的时光，想念到秘密基地喝咖啡的时光。如果把我想念你们时在脑子里造的句子陈列出来，那一定简直像一本调情圣经，哈。一维在旁边要我向你招手问好。最后，我想告诉你，无论什么事都可以跟我说，从小得像蜉蝣，到大得像黑洞的事情。你们生日了真好，我终于有借口可以好好写信给你们。生日快乐！希望你们都还喜欢生日礼物。p.s. 你们去买一整块蛋糕吃光光吧！

你诚挚的，伊纹

房思琪随身带着这两封信。在李国华的小公寓只要一穿好了衣服，就马上从书包掏出信来。思琪问李国华，又似自言自语："我有时候想起来都不知道老师怎么舍得，我那时那么小。"他躺在那里，不确定是在思考答案，或是思考要不要回答。最后，他开口了："那时候你是小孩，但是我可不是。"她马上低下头用指腹描摹信上伊纹姐姐的笔迹。老师问她怎么哭了。她看着他说："没事，我只是太幸福了。"

一维说："今年不办派对了，我只想我们两个人好好的。""是三个人。"伊纹纠正他，手伸进他的袖管里。伊纹笑着说，"但是无论如何蛋糕是一定要吃的。"一维买了一块小蛋糕回家，伊纹拆蛋糕的脸像个小孩，她把老牌蛋糕店的渍樱桃用拇指、食指拈起来，仰起头吃下去，红红的樱桃梗在嘴唇前面一翘一翘的，非常性感。吐出来的樱桃核皱纹深刻，就像每次他从她坦白的小腹爬下去，她大腿中间的模样。伊纹每次都想夹起来，喃喃道：“一维，不要盯着看，拜托，我会害羞，真的。”

关灯点蜡烛，数字的头顶慢慢秃了流到身体上，在烛光里伊纹一动也不动，看起来却像是在摇曳。噘起嘴去吹灭的时候像两个飞吻。开了灯，两支蜡烛粘着许多大头烛泪，像一群精子要去争卵子的样子。一维拿鸡尾酒戒出来，伊纹一看就叹了一声：“哦，天啊，这根本是我梦里的花园，一维，你真了解我，你真好。”

晚上就收到女孩们从台北快递来的包裹，一只比她还大的凯蒂猫，伊纹紧紧抱着玩偶，像是就可以抱着她们。

包裹里夹着思琪给伊纹写的卡片：

最亲爱的伊纹姐姐，今天，我十八岁了，好像跟其他的日子没有两样。或许我早就该放弃从日子里挖掘出一个特别的日子，也许一个人的生日，或无论叫它母难日，甚至比拿香念佛的台湾人过耶稣的生日还要荒唐。我没有什么日本人所谓存在的实感，有时候我很快乐，但这快乐又大于我自己，代替我存在。而且这快乐是根据另一个异端星球上的词典来定义的，我知道，在这个地球上，我的快乐绝对不是快乐。有一件事情很遗憾，这几年，学校的老师从没有给我们出过庸俗的作文题目，我很想写我的志愿，或者我的梦想。以前我会觉得，把不应该的事当作兴趣，就好像明知道“当作家”该填在“我的梦想”，却错填到“我的志愿”那一栏一样。但现在我不那么想了。我喜欢“梦想”这个词。梦想就是把白日梦想清楚踏实了走出去。我的梦想，是成为像伊纹姐姐那样的人——这句话并不是姐姐的生日礼物，是事实。姐姐说十四行诗最美的就是形状：十四行，抑扬五步格，一句十个音节——一首十四行诗像一条四四方方的手帕。如果姐姐能用莎士比亚来擦眼泪，那我一定也可以拿莎士比亚擦掉别的东西，甚至擦掉我自己。莎士比亚那么伟大，在莎士比亚面前，我可以用数学省略掉我自己。我现在常常写日记，我发现，跟姐姐说的一样，书写，就是找回主导权，当我写下来，生活就像一本日记本一样容易放下。伊纹姐姐，我非常想念你，希望你一切都好，希望所有俗套的祝福语都在你身上灵验，希望你万事如意、寿比南山，希望你春满乾坤福满门，希望你生日快乐。

爱你的，思琪

李国华很少看错人，但是他看错郭晓奇了。

晓奇被撵出李国华的台北小公寓以后，开始玩交友网站。在她，要认识人是太容易了。一开始就讲明了不要谈恋爱，仅仅是约在小旅馆里。晓奇是一个坚强的人，也许太坚强了。每次搭地铁去赴约，过道里的风把她的裙子吹胖，她心里总有一种风萧萧兮易水寒的感觉。那些男人，有的一脱裤子便奇臭无比，有的嘴巴比内裤还臭。但是这正是晓奇追求的，她要糟蹋自己。她不知道她花了大半辈子才接受了一个恶魔而恶魔竟能抛下她。她才知道最肮脏的不是肮脏，是连肮脏都嫌弃她。她被地狱流放了。有什么地方比地狱更卑鄙、更痛苦呢？

那些男人见了她多半很讶异，赴约前一心以为交友网站上晓奇少报了体重或多报了上围。有人甚至布道起来：“你还这么年轻漂亮，何必呢？”晓奇睁大了眼睛问：“何必什么？”男人便不说话了，只是静静地脱衣服。每一个要与陌生男子见面的日子都是高音的日子。大学课堂上老师说什么渐渐听不到了。

有个男人带她回家，男人家里的墙壁都是黑色硅矿石，黑色小牛皮沙发好软，简直要被压进去。男人的头蓄在她的颈窝里，晓奇偏着头闻到那是小牛皮，心里想：好奢侈。没有想到更奢侈的是一个个男人作践从小这样规矩的自己。男人结束的时候轻轻地痉挛，像是知道她心不在焉，害怕吵醒她。躺下来之后男人第一句便用了英文说："我的上帝啊。"上帝那个词的词首拖得很长，像大房子里唤一个熟极的用人。晓奇一听就笑了。

晓奇去一家出名的酒馆喝酒。老板把握着一瓶酒，酒瓶上有约束的铁嘴，他用华丽夸饰的抛物线来回调酒。晓奇看着老板耸起的肱二头肌想到老师。老板抬起头看了晓奇一眼。晓奇问他："你们开到几点？"男人回答："早上。"早上是几点，晓奇忍住没有问，跟老师在一起的几年学会了忍耐。她一直坐在那里，直到太阳点点滴滴漏进来，不知道为什么，感觉那玻璃不是窗玻璃而是酒瓶的玻璃。男人笑着对晓奇说："现在是早上了，我们要打烊了。"整间店只剩下她坐在吧台前，他在吧台后讲话非常大声，仿佛他们一人踞在一座山头上，隔着的不是屋外挖进来的阳光隧道之雾霾，而是山岚。

老板就住在店头楼上。

还有一次，晓奇倒是面目都不记得，只记得棕色的头发和高轩的浓眉，高出她双腿之间。老师从不会这样。老师总是舌头游到肚脐就停了。晓奇只觉得一阵滑稽。她像个任人饮水洗脸的湖。老师倒是每次都按着她的头，而她像羔羊跪乳。只记得老师的大手耙抓着她的头皮，那感觉像久久去一次美容院，美发师在一边洗头的时候一边按摩。想着头皮就能忘记嘴巴。但是高中之后晓奇上美容院再也不洗头了。

晓奇也很快进了追求她几年的几个学长的房间。男生总是问："要不要来我家看 DVD？"学长趴在她身上抽搐，她总是把头越过男生的脖子，侧过去电视的那一边，认真地看起电影，只有纯情的男主角和重病的女主角接吻的时候，她才会默默流下眼泪。看着看着，她渐渐明白电影与生活最大的不同：电影里接吻了就要结束，而现实生活中，接吻只是个开始。

她枯着白身体在那边看电视，电视的光在漆黑的房间里伸出七彩的手来，摸她一把。男生蒇蕤着五官问她："那我们是男女朋友了吗？"她的身体撇开电视的光之手，而男生的脸像一盆久未浇水的盆栽。男生继续追问，"你也喜欢我吧？”只有男生把遥控器抢走，晓奇才会真的生气，“你难道一点感觉也没有吗？你都已经给我了，你怎么可能不喜欢我？”晓奇捡起男生枯手上的遥控器，转到电影台，看了一会儿，电影里的金发爸爸亲吻了金发小女孩，金发爸爸要去拯救地球。晓奇心想，如果老师知道我现在在做什么，他一定会自满，老师一定懂得我是在自残。男生生气了，“难道你只是单纯跟我做？”她转过脸来，手指梳了梳头发，露出异艳的脸，用一个男生一生中可能听过的最软香的声音说：“难道你不喜欢吗？”后来这句话在学校传开了。

晓奇在城市里乱走，常常看到路人模仿老师。有的人有老师的手，有的人有老师的脖子，有的人穿了老师的衣服。她的视线会突然断黑,只左前方一个黑衣服的身影被打了舞台灯光，走路的时候黑手臂一荡一荡的，一下一下拉扯她的眼球，她遂被遛着走。老师，是你吗？她的眼球牵动她的身体，她跌跌撞撞地挨挤到那男人旁边。像扶着洞穴穴壁走向一个光。不是老师。为什么你偷穿老师的衣服？为什么你有老师的手臂？她的视线断了，站在大街上迟迟地看着人群被眼里的眼泪溶化。

晓奇的闺密约她出来吃饭，晓奇心里有一种冷漠的预感，像是还没走进清粥小菜的店就已经在心里填好了菜单。欣欣说："嗯，我不知道怎么跟你讲，学校最近很多人在说你坏话。"晓奇问："什么坏话？""我也是听来的，说你跟很多学长，当然我很生气，我告诉他们你不会这样。"晓奇把手贴在落地窗上，让冬阳在桌上照出影子，手指已经够瘦了，照出来的影子甚至还要瘦，像流言一样。晓奇把吸管咬得烂烂的。"那些是真的。""真的？""我真的那样做了。""为什么？""很难解释。""天啊，郭晓奇，你知道有多少人说你，说你好上吗？你知道我花了多大的力气跟他们澄清吗？结果竟然是真的？总有原因吧？你喝酒了吗？""没有，我很清醒，太清醒了。"欣欣一听到这里就哭了。晓奇看到她的眼泪马上生了气，站起来就走，不懂世界上竟有人在她哭之前就先哭了。

郭晓奇的二一通知单[1]从学校寄回家里的时候，她对家人

1　二一通知单：台湾地区的大学退学规定之一种。指单一学期中不及格科目超过总修习科目之二分之一，即达门槛，将被勒令退学。也分成"单二一"（单学期不及格科目达二分之一）、"双二一"（两学期不及格科目均达二分之一）、"二一三一"（前一学期不及格科目先达二分之一、再一学期有三分之一不及格者退学）等制。

宣布说不再上学了。郭妈妈哭着说她乖巧的小孩哪里去了。晓奇说那个女生高三的时候就已经死了。妈妈问高三是什么意思。晓奇只说了三个字：李国华。

全家沉默了两秒钟，箱型电视里有啦啦队在呼喊，邻居养的鸟儿在争食，阳光在树上沙沙作响。两秒钟里，地球上有好多人死亡，有更多人出生。两秒钟后，郭爸爸的声音如土石流，淹埋了整个家："你以为做这种事你以后还嫁得出去？""什么叫'这种事'？""乱伦！"那两个字像石头一样击中晓奇的眉心，晓奇倒在长藤椅上，藤椅痒痒地嘎吱响。妈妈把喉咙都吼出来："你跑去伤害别人的家庭，我们没有你这种女儿！"爸爸把拳头都吼出来："他一定是个骗子，骗年轻女生的第一次！"晓奇的眼泪一路烧灼她的脸，她说："我们是真心相爱。""你跟一个老男人上床，做爱，性交！"家门口纱门的小方格子现在看起来像一张罗网。"爸，妈，不要这样对我说话。""不然你去找他啊，你们相爱，叫他收留你啊！"晓奇拿了手机就要走，妈妈抓了手机掼在地上，掀盖手机张大嘴巴啃着地砖，背盖的粉红色跑马灯笑眯眯的。晓奇把脚套进鞋子，妈妈推了她："鞋也不用穿了！"

虽说是春天，太阳还是晒得马路辣辣的，赤脚踩在柏油路上，那感觉就像眼睁睁看着一盆花旱死。晓奇一路赤脚走到李国华的秘密小公寓附近，隔着马路停在小公寓对面，靠着骑楼柱子就瘫下来，整个人一坨在地上，随着时间开始腐烂，直到下午，她看见熟悉的皮鞋裤脚下了出租车。她张嘴叫喊的时候发现自己发不出声音，也马上发现车的另一边下来了一个小女生。显然比她小了多年。看着他们进电梯，晓奇还以为自己会瞎掉。

晓奇招出租车回家，跳表一下，那殷红的电子钟仿佛是扎她的血。司机不认识她家，她没有意识到自己希望司机永永远远迷路下去。郭爸爸郭妈妈说要把事情告诉李师母。

李国华李师母约郭爸爸郭妈妈和晓奇在饭店高广华盖的餐厅。李国华选的地点，说是人少，其实他知道郭家在做小吃摊，光是饭店的装潢就可以吓掉他们一半。李师母特地从高雄北上，和李国华坐在桌的一端，郭家坐另一端。郭爸爸郭妈妈穿得比参加喜宴还庄重。晓奇的表情像是她砸破了自己最珍爱的玻璃杯。而且再珍爱那杯也不过是便利商店集点的赠品，人人家里有一个。

郭爸爸提起嗓子，问李老师爱晓奇吗。李国华把右手纳在左手掌里，款式简单的婚戒长年不脱，紧箍着左手无名指，而皱纹深刻的指关节看起来比戒指更有承诺的意味。他讲课有好几种语气，其中有一种一听就让学生知道这个段落要画三颗星星。李国华用三颗星星的声音开口了：“我爱晓奇，可是我也爱师母。”晓奇听了这句话，欲聋欲哑，毛孔发抖，一根根寒毛都举起手想要发问：那天那个出租车上的女生是谁？而师母一听这话就哭了。郭爸爸郭妈妈不停向师母道歉。

晓奇看见老师驼着背，衬衫领口可以望进去，老师胸前有一颗小小的红色肉芽。她想到这几年老师在公寓里自己按了一下肉芽便说自己变身成吃人的怪兽，追着她跑。想起老师在她坦白的腰腹上写了一百次“晓奇”，讲解道，《博物志》说，这样就可以虫样永远钻进她心里。那肉芽像只从老师身体钻出头的蠕虫。一抬起头就看见师母用家里佛像才有的水汪汪大慈大悲眼光照着她。晓奇呕吐了。

最后郭爸爸和李老师争着付账。回家的路上郭爸爸对郭妈妈说：“好险没有认真争，大饭店喝个饮料就那么贵。”

李国华跟着师母回高雄的大楼。

回到家，师母也不愿意坐下休息，只是站着，枯着头，让眼泪流到脖子上。“几次了？”她的声音是死水的咸。李国华站在师母面前，用三颗星星的口吻说：“就那么一次。”他想到死水这譬喻的时候，想起高中一年级时化学老师说过一句话：“喝海水的人是渴死的。”——他从来也没有弄懂过渗透压，才读了文科，但是这话的诗意一直刻在他心里。现在那调皮又晦涩的诗意又浮出来了。“我有什么理由相信你？”李国华明白这句话背后的意思是：请给我理由相信你。他瘫坐在地上，说：“我清清白白二十年，做爸爸的人，希望女儿在外面遇到什么样的人，自然会做什么样的人。”“那怎么会有这一次？”他的声音飞出更多星星：“求你原谅我，是她诱惑我的，蔡良说她有问题要问我，是她硬要的，就那么一次。”师母的声音开始发抖：“她怎么诱惑你？”他用大手抹了眼睛：“是她，是她主动的，从头到尾都是她主动的。”声音又大起来，“天啊，那简直是一场噩梦！”“但是你有兴奋吧，不然怎么可能？”“有，我的身体有，她很顽强，没有一个男人不会兴奋的，但是我发誓，我的脑子一点也不兴奋。”“但你说你爱她。”“爱她？什么时候？刚刚吗？我根本不爱她，刚刚那样说，只是怕她爸爸妈妈发怒，你不知道她是怎样的人，我不知道她为什么要设计我，她还威胁我，跟我要了几十万去乱花，她还威胁我买名牌给她。”“你可以跟我讨论啊！”“我怎么敢，我已经犯下滔天大错，我恨自己，我只能一直去补那个洞。”“这事情多久了？”他折着颈子，很低很低地回答了：“两年了，她反复拿这件事威胁我，我好痛苦，可是我知道你现在更痛苦，是我对不起你。”师母起身去拿绣花卫生纸盒。“怎么可能你一个大男人的力气抵不过一个高中女生？”“所以我说对不起你，天啊，那个时候，我不知道怎么跟你解释，她真的是，我根本动都不敢动，我好怕她会受伤，她真的很——她很——她，她，她就是骚，她根本就是一个骚屄！”李国华淹在自己的大手里无泪地大哭了，“我不会说这是全天下男人都会犯的错，是我没能控制好自己，我不该被她诱惑，我错了，请你原谅我。”师母坐到他对面默默擤鼻子。他继续说，“看你这样痛苦，我真是个垃圾，我根本不该被她勾引的，我真是垃圾、人渣、废物，我去死算了。”一面说一面拿起桌上的宝特瓶狠敲自己的头。师母慢动作把宝特瓶抢下来。

他们对坐着，望进宝特瓶里面。宝特瓶里的橘红色饮料渐渐缓静，将死将善的样子。半小时后，师母开口了：“我们什么也不要告诉晞晞。”

郭爸爸郭妈妈回家就商议着让晓奇休学，天知道她会不会又被教授哄骗。晓奇在旁边听，也只是木木然把碗筷洗了。搓筷子觉得这好像拜拜的手势，想到那一次老师带她去龙山寺，老师讲解民俗掌故的样子好美，好虔诚，她那时问老师信什么教。老师回答：“我只信你。”她那时候就想，老师是真的爱我。出租车上的女生是谁？用拇指指腹旋转着洗汤匙，想到这些年回老师的公寓，按电梯按到电梯按键都斑驳。出租车上的女生是谁？手深深伸进杯子的时候，马上想到第一次被载到老师的公寓，在车上班主任蔡良说了老师很喜欢你，进了公寓才知道那喜欢是什么意思。老师，你出租车上的女生到底是谁？

晓奇慢吞吞走上二楼，爸妈关切的眼神像口香糖粘在她身上。家里的药盒在走廊的小柜子上。有抗头痛的，有顺肠道的，有驱疹子的。晓奇心想，没有一种可以治我。她的心给摔破了，心没有纹理花样，再拼不起来。拼凑一颗心比拼凑一摊水还难。小胶囊挤出铝箔包装的声音啵啵的，像老师公寓大缸里的金鱼吃饲料。整盒的药都挤出来，像一座迷你的垃圾山，五彩缤纷的。杂烩乱伦的病要杂烩乱伦的药医。晓奇全部吞下去之后躺在床上，唯一的感觉是肚子胀。喝太多水了。

晓奇第二天竟醒了过来。她从未对自己如此失望。下楼看见爸爸妈妈一如往常在看电视。左脚绊到右脚，地板打她一巴掌。晓奇跟爸爸妈妈说她可能要去医院。手机握在袖里，一个人坐在病床上的时候用没吊点滴的那只手打电话，打了四十几通都没人接，她像一个小孩子大热天站在自动贩卖机前，投了硬币进去又马上从退币口滚出来，不能解渴，圆滚滚地着急。最后传了短信："老师，是我啊。"过很久手机才振动，背盖的粉红色微笑跑马灯显示是半夜，急诊室不熄灯，无所谓日夜，她也不知道自己躺在那儿多久了。

一打开就是老师的回讯："我从来没有爱过你，我从头到尾都是欺骗你，每个人都这样跟你说你还不信？你不要再打电话来了，我的太太很不能谅解。"晓奇迟迟地看了一遍又一遍短信，突然想到一幕：老师用蠢笨的表情按手机，傻憨地笑说："我是洞穴里的原始人，我不会发短信。"也从没写东西给她过。原来他不要任何证据落在她这里。她还爱他这么多年。她的眼泪掉到手机屏幕上，泪滴把“老师”两个字扭曲、放大。

出院回家以后，郭晓奇把所有李国华送她的书在家里的金炉中烧了。王鼎钧，刘墉，林清玄，一本一本撕开了投进去。火焰一条条沙沙作响的红舌头向上莺啼，又鼠蹿下去。每一张书页被火镶上金色的光圈，天使光圈围起来侵蚀黑字，整个励志的、清真的、思无邪的世界化为灰烬。最难撕的是封面，尤其上胶的那几本，幸好晓奇对老师多的是耐心。全部摇滚、招呼、翻沸的纸张，一一文上火圈，蜷起身来，像人类带着心事入睡的样子。晓奇不是多想的人，可是此时她却有一种自己也在金炉里的感觉。

那一次，钱一维凌晨酒醒了，觉得握在被子里的手湿湿的，蹑手蹑脚不要吵醒伊纹，拍打脸颊，走进浴室，开灯看见脸上是血手印。此时的一维像希腊悲剧里的一幕，主人公不可思议地看着自己捧势却成空的双手，浴室灯光如舞台灯光如一束倒挂的郁金香包裹住他。他马上洗了脸，跑回房，开了灯，掀被子，发现睡在右手的伊纹下身全是血。一维突然想起昨天半夜回家，他用皮鞋尖猛踢伊纹。窄皮鞋头如一窝尖头毒蛇疯蹿出去。伊纹抱紧双腿，他只能踢她的背。他想起伊纹一直说不要不要，不要不要。原来，伊纹说的是宝宝，宝宝。

伊纹被推进钱家旗下的医院。推出手术室，进一般病房，伊纹很快就醒了。一维坐在病床旁边，伊纹的手被他握在手里。她白得像毒品。窗外有鸟啼春，伊纹的表情像从一个前所未有的好梦中醒过来，从此才明白好梦比噩梦更令人恐怖。她发出从前那对万物好奇的声音："宝宝呢？"她白得像一片被误报了花讯的樱花林，人人提着丰盛的野餐篮，但樱花早已全部被雨水打烂在地上，一瓣一瓣的樱花在脚下，花瓣是爱心形状，爱心的双尖比任何时候看起来都像是被爽约的缺口，而不是本来的形状，"宝宝呢？""对不起，伊纹，我的亲亲，我们可以再生一个。"伊纹看着他，就像他是由她所不懂的语言所写成。"伊纹宝贝，你没事最重要，不是吗？"一维看着伊纹全身颤抖，隆隆的马达，催到极限，眼看要发动的时候，又整个人熄灭了。

"我没有力气。""我知道，医生要你好好休息。""不是，手，我是说手，请你放开我，我没有力气抽出来。""伊纹。""放开我，求求你。""那等等我还能牵你吗？""我不知道。""你不爱我了吗？""一维，你听我说，刚刚在梦里我就知道宝宝没了，或许这是注定的，我也不希望宝宝出生在这样的家庭里。宝宝很好，宝宝为我好，宝宝让我回到一个人。你懂吗？”“你要离婚吗？”“我真的没有力气了，对不起。”伊纹用无光的眼睛数天花板的瓷砖。屋外的鸟还在叫，像学生时期站在校门口，男校男生经过的口哨。她静静听着一维走出去，在走廊上又是哭又是吼。

伊纹主动打电话给思琪。“喂？”“啊，琪琪，终于有一天是我听你喂了，我好开心。”思琪想起每一次打电话回伊纹家，伊纹姐姐喂一声都像是从前朗读的样子，“琪琪，你们考得如何？对不起，我想了很久，想不到比较委婉的问法。”“成绩出来了，我们两个大概都可以上文科的第一志愿，如果嘴巴没有突然在面试官面前便秘的话。”她们都笑了。“那就好，亲爱的，你们考试我比当年自己考试还紧张。”“姐姐呢，姐姐好吗？”伊纹极慢地说了：“琪琪，我搬出来了，我流掉一个宝宝了。”思琪非常震惊，她知道伊纹把搬家跟流产连在一起讲是什么意思。思琪也知道伊纹姐姐知道她一听就会懂。伊纹抢先开口了，“我没事的，真的没事，我现在三餐都吃蛋糕也可以。”

伊纹听见思琪在啜泣，她在电话另一头，也可以看见思琪把手机拿远了小肩膀一耸一耸的样子。思琪说话了：“为什么这个世界是这个样子？为什么所谓教养就是受苦的人该闭嘴？为什么打人的人上电视上广告？姐姐，我好失望，但我不是对你失望，这个世界，或是生活，命运，或叫它神，或无论叫它什么，它好差劲，我现在读小说，如果读到赏善罚恶的好结局，我就会哭，我宁愿大家承认人间有一些痛苦是不能和解的，我最讨厌人说经过痛苦才成为更好的人，我好希望大家承认有些痛苦是毁灭的，我讨厌大团圆的抒情传统，讨厌王子跟公主在一起，正面思考是多么媚俗！可是姐姐，你知道我更恨什么吗？我宁愿我是一个媚俗的人，我宁愿无知，也不想要看过世界的背面。”思琪哭得字跟字都连在一起，伊纹也可以看见她涕泪满脸，五官都连在一起。

思琪正在李国华的公寓里，盖上手机背盖，她听见隔壁的夫妻在做爱。妻子哼哼得像流行歌，歌手花腔的高潮。她听着听着，脸上的眼泪被隔壁的声音塞住了，她不觉得秽亵，只觉得满足。或者当然是在等老师的缘故。静静喝起了柳橙汁，写起日记。铝箔包里掺了丝丝柳橙果肉的浓缩还原果汁，就像长得好看这件事一样，是赝品的乡愁，半吊子的田园诗，装模作样，徒劳。隔壁的男声女声突然一瞬间全都没了，女人的啊声断在半空中。原来只是在放色情电影。思琪觉得惨然，觉得周围的一切都在指出她人生的荒唐。她的人生跟别人不一样，她的时间不是直进的，她的时间是折返跑的时间。小公寓到小旅馆，小旅馆到小公寓，像在一张纸上用圆珠笔用力地来回描画一个小线段，画到最后，纸就破了。后来怡婷在日记里读到这一段，思琪写了："其实我第一次想到死的时候就已经死了。人生如衣物，如此容易被剥夺。"

思琪回到她和怡婷的家，天色像死鱼翻出鱼肚白，怡婷竟还趴在客厅大桌上写作业。她打招呼而怡婷抬起头的时候，可以看见怡婷眼睛里有冰川崩落。怡婷把笔停住，说起唇语，笔顶吊着的小玩偶开始哆嗦："You smell like love."干吗躲在英文里？思琪有点生气了。"你回来了啊。"怡婷说完便低下头。"你不看着我，我们要怎么讲话？"思琪开始指画自己的嘴唇。怡婷突然激动起来："就像大部分的人不理解为什么'我们'要这样说话，而全部的人都听不懂'我们'在说什么，我与你有一条隐形的线索，我也矜持，也骄傲的——'你们'呢？'你们'有自己的语言吗？蒙住他的眼二选一的时候，他会选择你，而不会选成我吗？他可以看穿你的脸，知道你今天是头痛而不是胃痛，他做得到吗？”思琪瞪直了睫毛：“你到底是嫉妒我，还是嫉妒他？”“我不知道，现在我什么都不知道了，小时候我们都说不学语言，可是‘我们’之间不是语言还会是什么？‘你们’之间不是语言难道是什么？我一个人在屋子里好孤单，每次你回家，就像在炫耀一口流利的外语，像个陌生人。”“我不相信你这个理论，我在‘那边’只有听话的份。听话本来就是学习语言，你说对了，我在‘那边’的愿望就是许愿，梦想就是做梦。”“我不想跟你辩论。”“我也不想跟你辩论。”怡婷继续唇语：“老师跟师母在一起那么久，他一定见过或想见过师母痛苦的表情，虽然残忍，但是我必须说，他是比较负责任的一方，他摸过底才做的，但是我们是从未受过伤地长大，我好疑惑，你现在看起来前所未有地快乐，又前所未有地痛苦，难道躲在‘我们’的语言背后，也不能解脱吗？”思琪露出踏进被洗劫的家的表情：“你要我诉苦吗？”“如果有苦的话，对，但是，如果你觉得只有你跟老师在一起才有可能演化出语言，那只是你没看过我跟老师单独在一起的样子，或是你没看过他和师母在一起的样子，我猜整栋大楼都掉到海里他也只会去救晞晞。”思琪摇头。“没有苦，但是也没有语言，一切只是学生听老师的话。”怡婷开始夸饰着嘴型，像是她的言辞难以咬碎：“这样很吊诡！你说你既不嫌恶也没有真爱吗？你骗人，你骗人你骗人你骗人。这不是你来决定的。你明明就爱他爱得要命。”“我没有。”“你有。”“我没有。”“你有。”“我说没有就是没有。”“你有。你什么都不知道。你骗不了我，你们太明显了，你一进门我就闻到了。”“什么？”“真爱的味道。”“你说什么？”“你全身都是，色情的味道，夜晚的味道，内裤的味道，你全身都是内裤。”“你闭嘴！”“指尖的味道，口水的味道，下体的味道。”“我说闭嘴！”“成年男子的味道，精——精——精液的味道。”怡婷的脸像个辽阔的战场，小雀斑是无数闷烧的火堆。“你根本不知道自己在羡慕什么，你好残忍，我们才十三岁啊——”思琪放声大哭，眼泪渐渐拉长了五官，融蚀了嘴型。怡婷真的看不懂。

伊纹搬出大楼之后，也并不回家，她有点受不了爸爸妈妈关切的眼神。在家里，爸妈道早安、晚安的声音就像一块块瓷砖。搬进名下的一间透天厝，三层楼，爸爸妈妈定期维护得很好，太好了，她想打扫整理让自己累得睡着都不行。五年，或是六年？跟一维在一起的日子像梦一样。也不能完全说是噩梦。她确实爱一维，那就像学生时期决定了论文题目就要一心一意做下去一样。一维的世界是理所当然的，就像一个孩子求索母亲的胸乳，直吃奶吃到男女有别的年纪，面对这样口齿伶俐的孩子，你根本不忍心给他哪怕是最逼真的奶嘴。

离开大楼的那天，回头看一眼，高大磅礴的大厦开着大门，里面亮晶晶的水晶灯像牙齿，像是张着大嘴要把她吃进去。

伊纹晚上从来睡不着，直贴到天花板的绣花壁纸连着四壁像一个精美的盒子，把她关在里面。她总是下到客厅看电影台，大白鲨吃了人她哭，大白鲨给宰了她也哭，哭累了就在沙发上睡着了。沙发有牛皮的软香，趴在那儿被自己的呼吸撑起来又瘪下去，感到呼吸是沙发的。躺在一头牛身上睡着一定就是这样的感觉。睡着了又惊醒，醒了继续看电视。上一部电影里演配角的女明星隔着十年在下一部电影里当上主角，十年前后长得一模一样。伊纹的岁月就像好莱坞女明星的脸，无知无觉。

伊纹有一天终于打电话给毛毛先生。“喂？”“啊，毛先生，我吵到你了吗？”“当然没有。”“你在做什么？”“我吗？

我在画图，我的手不是拿着笔就是在前往笔筒的路上。”你没有笑。你沉默得像拿错笔擦不掉的一条线。毛毛只好继续说，“我好像忘记吃晚餐了，每次急着把手上的东西做完，我的晚餐就是便利商店，想想蛮浪费的，人也不过活几十年，每天只有三餐，好像应该听你的话，每餐都吃自己最想吃的东西哦。你吃饭了吗？”伊纹答非所问，一如往常：“你可以过来陪我吗？”

伊纹应门，门一开，毛毛有一种终于读了从小熟习的翻译小说的原文的感觉。第一次看见你戴眼镜。你比任何经典都耐看。伊纹坐在长长沙发的这端，毛毛坐在那端，电影里导演要逗观众笑的桥段伊纹终于会笑了。

隐形眼镜盒子和眼药水搁在茶几上，你的拖鞋呈圣筊，一正一反泼在地上，外套耸起肩膀挂在椅背上，原文书突出脊梁，呈人字压在桌上，整块沉重的黑纹大理石桌都是你的书签。连看了三部电影，伊纹睡着了。头偏倚在沙发背上，大腿间的冰激凌桶在融化。毛毛轻轻地拿走冰激凌，轻轻地打开冰箱，轻轻地放进去。冰箱空荡荡的。关起冰箱门之际毛毛突然想到伊纹的浅蓝色家居服大腿间那一块湿成靛色。一张张发票像虫微微蜷着身子，随意放在桌上的大皿里，不是快餐就是便利商店。扶手椅里窝着一席匆匆叠好的凉被，椅子前有咖啡渣干涸在杯底的咖啡杯，杯沿有唇形的咖啡渍，也有水杯，磨豆机的小抽屉拉出来，还有磨了未泡的一匙咖啡末。我可以想象你整天待在沙发前的样子。毛毛脱了拖鞋，袜子踏在地上，怕拖鞋的舌头打在地上吵醒伊纹。关上电视的时候，因为太安静，所以伊纹醒了。毛毛看见她的眼睛流出了眼泪。“晚上也可以陪我吗？”毛毛不知道该说好还是不好。我不想利用你的脆弱。伊纹补了一句，“房间很多。”那好。

毛毛下了班先回自己家，拿了些东西再回伊纹家，每天搬愈多东西过来，渐渐地，连设计图也在伊纹这里画了。伊纹坐在他对面，一个人画图一个人看书，两个人中间却不是山崖的沉默，而是崖壁有宝石矿的沉默。伊纹会小心翼翼地招手，就像毛毛在远方，毛毛抬起头之后伊纹把书推过去，手指指着一个段落，毛毛会停下画画的手，读完以后说：“真好。”伊纹对毛毛说：“其实我们两个很像，你是一个比较温柔的我。”忍住没有说：你对我就像我对一维一样。这是爱情永不俗滥的层递修辞。

毛毛帮自己倒水的时候也帮伊纹添水，伊纹会睁大小羊的眼睛，认真地说：“谢谢你。”你说“谢谢”两个字的时候皱出一双可爱的小酒窝，你知道酒窝的本意真的跟酒有关吗？古时酿酒，为了能与更多的空气接触，把酒曲和混合好的五谷沿着缸壁砌上去，中间露出缸底。我仿佛也可以从你的酒窝望见你的底。但毛毛只是说："不用谢。"忍住没有说：这样，其实我比你还开心，是我要谢谢你。

伊纹上楼进房间前，学大兵向上级敬礼的姿势，调皮地说："室友晚安。"渐渐没有听见你在梦里哭泣了。早上看见你穿着粉红运动家居服走下来，脚上套着毛茸茸的粉红色拖鞋，我在心里会自动放大你被厚近视眼镜缩小的眼睛。吃完咸派我端甜派出来，你假装呜咽说："惨了，毛毛先生要把我宠成废人了。"我愿意堕入面团地狱里，生生世世擀面皮。用一辈子擀一张你可以安稳走在上面饿了就挖起来吃的面皮。

晚上一起看电影。伊纹要拿高处的光盘，一面拉紧了身子，一面拉长声音说"嘿咻"。蹲在那儿操作光盘播放器，按个按钮，嘴里会发出哔的一声。我有时候都不忍心去帮你，你太可爱了。看法国电影要配马卡龙，看英国电影要配司康，看俄罗斯电影要配俄罗斯软糖，吃着棉花口感的糖，咬到一粒干硬的核桃碎，就像是做梦被打断了，像是我时不时冒出的问句得自己吞下去——我们到底是什么关系呢？看“二战”纳粹的电影什么都不可以吃。

喜欢跟你去熟识的咖啡厅挑咖啡豆，老板把咖啡豆铲起来的时候，你把头发塞到耳后凑过去闻，用无限惊喜的脸跟我说：“这个是蜂蜜，刚刚那个是坚果！这个是特吕弗，刚刚那个是基耶斯洛夫斯基！”我好想跟你说，有的，还有布努埃尔，有戈达尔。这个世界有的是喝起来公平又贸易得美丽的咖啡。我想替这个世界向你道歉，弥补你被抢走的六年。喜欢你逛夜市比观光客还新奇，汗水沾在你的脸上我都不觉得那是汗水，而是露珠。喜欢你蹲在地上研究扭蛋，长裙的裙摆扫在地上像一只酣睡的尾巴。喜欢你把六个十元硬币握到热汗涔涔还是没办法决定要扭哪一个，决定之后两个人打赌会扭出哪一个，输的人要请对方喝珍珠奶茶。喜欢你欠我上百杯的珍珠奶茶也从不说要还。只有老板跟我说你女朋友真漂亮的时候我的心才记得要痛一下。喜欢在家里你的侧脸被近视眼镜切得有一段凹下去，像小时候念书念到吸管为什么会在水里折断，一读就宁愿永远不知道，宁愿相信所有轻易被折断的事物，断层也可以轻易弥补。我看过你早起的眼屎，听过你冲马桶的声音，闻过你的汗巾，吃过你吃过的饭菜，知道你睡觉的时候旁边有一只小洋娃娃，但是我知道我什么也不是，我只是太爱你了。

毛毛先生拍了拍松沙发，以为是一道皱褶的阴影，原来是伊纹的长头发。轻轻地拈起来，可以在指头上绕十二圈。喜欢你用日文说“我回来了”。更喜欢你说“你回来了”。最喜欢的还是先在桌上摆好对称的刀叉杯盘碗筷,只要在这里成双就足够了。

郭晓奇出院回家之后，马上在网页论坛发了文，指名道姓李国华。她说，李国华和蔡良在她高三的时候联合诱骗了她，而她因为胆怯，所以与李国华保持“这样的关系”两三年，直到李国华又换了新的女生。

跟李国华在一起的时候，晓奇曾经想过，她的痛苦就算是平均分给地球上的每一个人，每个人也会痛到喘不过气。她没有办法想象他之前有别的女生，之后还有。她从小就很喜欢看美国的FBI重案缉凶实录，在FBI，杀了七个人就是屠杀。那七个小女生自杀呢？按下发文的确认按钮，她心里只有一个想法：这样的事情应该停下来了。论坛每天有五十万人上线，很快有了回复。与她想象的完全不同。

“所以你拿了他多少钱”

“鲍鲍换包包”

“当补习班老师真爽”

“第三者去死”

“可怜的是师母”

“对手补习班工读生发的文吧”

“还不是被插得爽歪歪”

每检阅一个回应，晓奇就像被杀了一刀。

原来，人对他者的痛苦是毫无想象力的，一个恶俗的语境——有钱有势的男人，年轻貌美的小三，泪涟涟的老婆——把一切看成一个庸钝语境，一出八点档，因为人不愿意承认世界上确实存在非人的痛苦，人在隐约明白的当下就会加以否认，否则人小小的和平就显得坏心了。在这个人人争着称自己为输家的年代，没有人要承认世界上有一群女孩才是真正的输家。那种小调的痛苦其实与幸福是一体两面：人人坐享小小的幸福，嘴里嚷着小小的痛苦——当赤裸裸的痛苦端到他面前，他的安乐遂显得丑陋，痛苦显得轻浮。

长长的留言串像一种千刀刑加在晓奇身上，虽然罪是老师的，而她的身体还留在他那里。

蔡良告诉李国华网络上有这样一篇帖文。李国华看过以后，心里有了一份短短的名单。蔡良请人去查，一查，那账号背后果然是郭晓奇。李国华很生气。二十年来，二十年来没有一个女生敢这样对他。补习班的董事也在问。“要给她一点颜色瞧瞧。”李国华想到这句话的时候，笑了，笑自己的心里话像恶俗的香港警匪片对白。

过几天，蔡良说郭晓奇还在账号背后回复底下的留言，她说她是被诱奸的，她还说她这才知道为什么李国华要硬塞给她十万块钱。李国华坐在蔡良对面，沙发软得人要流沙进去，他看着蔡良的脚满不在乎地抖，李国华买给她的名牌鞋子半勾半踢着。她的右脚跷在左脚上，右腿小腿肚撒娇一样挤出来，上面有刚刮新生的腿毛。一根一根探出头，像胡茬一样。他想，他现在高雄没有人，每次要来台北见房思琪，胡子都长得特别快。荷尔蒙，或是别的什么。想到思琪小小的乳被他的胡茬磨得，先是刮出表皮的白粉，白粉下又马上浮肿出红色。那就像在半透明的瓷坯上用朱砂画上风水。这些蠢女孩，被奸了还敢说出来的贱人。连蔡良都有心思坐在浴室抹泡沫刮腿毛。没有人理解他。全世界的理解加总起来，都没有他的胡茬对他理解得多。胡茬想要挣出头，不只是茬，而是货真价实的毛发。想当年他只是一个穷毕业生，三餐都计较着吃，他不会就这样让一个白痴女孩毁了他的事业。

李国华回台北之后马上开始联络。

老师的出租车到之前，思琪跟怡婷在聊上大学第一件事想要做什么。怡婷说她要学法文。思琪马上亮了眼睛："对，跟法国学生语言交换，他教我们法文而我们教他中文。"怡婷说："我们可以天花乱坠地讲，字正腔圆地教他说'我矮你'，说'穴穴'，说'对不挤'。"两个人笑开了。思琪说："是啊，每学一个语言总是先学怎么说'我爱你'，天知道一个人面对另一个人要花多大的力气才走得到我爱你。"怡婷笑了："所以如果我们去海外丢了护照，也只会一个劲地在街上喃喃说我爱你、我爱你。"思琪说："如此博爱。"两个人笑翻了。怡婷继续说："人家在路上讨的是钱，我们讨的是爱。"思琪站起来，踮起脚尖转了一圈，把双手向外游出去，对怡婷送着飞吻："我爱你。"怡婷笑到跌下椅子。思琪坐下来，啊，这个世界，人不是感情贫乏，就是泛滥。怡婷半跪在地上，抬起头对思琪说："我也爱你。"楼下喇叭在叫。

思琪慢慢站起身来，眼神摇曳，她把怡婷拉起来，说："明天我一定回家，这个话题好好玩。"怡婷点点头，车子开走的时候她也并不透过窗帘的罅隙往下看，她在她们的房子里静静地笑了。我爱你。

李国华把思琪折了腰，从小公寓的客厅抱到卧室。她在他的怀里说："今天不行，生理期，对不起。"老师泛出奇妙的微笑，不只是失望，更接近愤怒，一条条皱纹颤抖着。一被放到床上，她像干燥花遇水一样舒张开来，又紧紧按着裙子，"今天真的不行，生理期。"又挑衅地问，"老师不是说怕血吗？"李国华露出她从未见过的表情，像好莱坞特效电影里反派角色要变身成怪物，全身肌肉鼓起来，青筋云云浮出来，眼睛里的大头血丝如精子游向眼睛的卵子。整个人像一布袋欲破的核桃。只一瞬间，又放松了，变回那个温柔敦厚诗教也的老师，撕破她的内裤也是投我以木瓜报之以琼琚的老师。她怀疑自己是不是又幻觉。"好吧。"她不知道他在"好吧"什么。他俯下去，亲了亲她，帮她拍松又盖好了棉被，她的身体被夹藏在床单和被单之间。他的手扶着卧室门框，另一只手去关灯。“晚安。”灯熄了之前思琪看到了那个只有他自己磕破了古董时才会出现的半愤怒半无所谓、孩子气的表情。他说晚安，却像是在说再见。

灯和门关起来之后，思琪一直盯着房门下被门缝夹得憋馁、从客厅漏进来的一横画灯光看。光之门槛之横书被打断了，一个金色的“一”字，中间有一小截黑暗，变成两个金色的“一”字。显然是老师还站在门外。我躺在这里，手贴着衣服侧缝线，身上像有手摸来摸去，身体里有东西撞来撞去。我是个任人云霄飞车的乐园。人乐云霄，而飞车不懂云霄之乐，更不懂人之乐。我在这张床上没办法睡。恨不得自己的皮肤、黏膜没有记忆。脑子的记忆可以埋葬，身体的记忆却不能。门缝还是两个金色“一”字。一一什么？隔壁座位交换考卷，在怡婷的考卷上一一打了钩，换回自己的考卷，也一一被打了钩，同分的考卷，竟然能够通向不同的人生！

老师因为扪着我，所以错把温柔乡的出处讲成了赵飞燕，我仿佛忍耐他的手这么久，就是在等这一个出错的时刻。他踩空欲望与工作之间的阶梯，被客厅到卧房的门槛绊倒。当我发现自己被揉拧时心里还可以清楚地反驳是飞燕的妹妹赵合德，我觉得我有一种最低限度的尊严被支撑住了。上课时间的老师没有性别，而一面顶撞我一面用错了典故的老师既穿着衣服又没有穿衣服，穿着去上课的黑色衬衫，却没有穿裤子。不能确定是忘记脱掉上衣，还是忘记穿上裤子。那是只属于我，周身清澈地掉落在时间裂缝中的老师。有一次问他："最当初为什么要那样呢？"老师回答："当初我不过是表达爱的方式太粗鲁。"一听答案，那个满足啊。没有人比他更会用词，也没有词可以比这个词更错了。文学的生命力就是在一个最惨无人道的语境里挖掘出幽默，也并不向人张扬，只是自己幽幽地、默默地快乐。文学就是对着五十岁的妻或十五岁的情人可以背同一首情诗。我从小到大第一首会背的诗是曹操的《短歌行》，刚好老师常常唱给我听，我总在心里一面听着一面翻译。"月明星稀，乌鹊南飞。绕树三匝，何枝可依？"第一次发现眼睛竟像鸟儿一样，隔着老师的肩窝，数枝状水晶灯有几支烛，数了一圈又一圈，水晶灯是圆的，就像在地球上走，跟走一张无限大爬不完的作文稿纸没有两样，就像大人聚会的圆桌，老师既在我的左边，也在我的右边，眼睛在水晶灯上绕呀绕地，数呀数地，不知道是从哪里开始的，又要如何停下来。

突然想到小葵。如果没有跟老师在一起，我说不定会跟小葵在一起，有礼貌，绅士，门当户对，但是执拗起来谁都扳不动。总之是那样的男生。记得小时候有一次偶然在他家看见了给他的糖果，盒子隔了一年还留着，也并不是特别好看的盒子。他注意到我的目光，马上语无伦次。那时候才明白小葵为什么向来对怡婷特别坏。收到他从美国寄回来的明信片也只能木然，从来没回过。不知道他是多绝望或多乐观才这样再三向一个深不见底的幽谷投石子。或许他在美国也同时追求着其他的女生——这样一想，多么轻松，也心碎无比。小葵，小葵没有不好，事实上，小葵太好了。明信片里英文的成分随着时间愈来愈高，像一种加了愈来愈多香料，显得愈来愈异国的食谱。我很可以喜欢上他，只是来不及了。也并不真的喜欢那一类型的男生，只是缅怀我素未谋面的故乡。原来这就是对老师不忠的感觉，好痛苦。要忍住不去想，脑子里的画面更清楚了。一个高大的男人，没看过，但是脸上有小时候的小葵的痕迹，看乐谱的眼睛跟乐谱一样黑白分明，黑得像一整个交响乐团待做黑西装黑礼服的黑缎料之海，我从床上跌落进去。

我永远记得中学的那一天，和怡婷走回家，告诉怡婷她去给李老师交作文的时候我要去陪陪伊纹姐姐。说的陪字，出口了马上后悔，不尊重伊纹姐姐对伤痛的隐私权利。在大楼大厅遇到老师，怡婷拉了我偎到老师旁边，说起学校在课堂上唱京剧的语文老师。金色的电梯像个精美的礼物盒把三个人关起来，不能确定有礼的是谁，被物化的又是谁，我只想着要向伊纹姐姐道歉。隐约之中听见怡婷说学校老师的唱腔“千钧一发”，讶异地意识到怡婷在老师面前说话这样卖力，近于深情。我们的脖子磕在金色的电梯扶手上。七楼到了。为什么怡婷没有跟我一起走出来？怡婷笑了，出声说：“送你到门口，我们下去啰。”一愣之后，我走出电梯，磨石地板好崎岖，而家门口我的鞋子好瘦小。转过头来，看着怡婷和老师被金色电梯门缓缓夹起来，谢幕一样。我看着老师，怡婷也看着老师，而老师看着我。这一幕好长好长。老师的脸不像即将被关起来，而像是金色电梯门之引号里关于生命的内容被一种更高的存在芟刈冗字，渐渐精练，渐渐命中，最后内文只剩下老师的脸，门关上之前老师直面着我用唇语说了：“我爱你。”拉扯口型的时候，法令纹前所未有地深刻。皱纹夹起来又松懈，松懈又夹起来，像断层挤出火山，火山大鸣大放。一瞬间我明白了这个人的爱像岩浆一样客观、直白，有血的颜色和呕吐物的质地，拔山倒树而来。他上下唇嘬弄的时候捅破我心里的处女膜。我突然想到："老师是真爱我的。"而我将因为爱他而永永远远地看起来待在七楼而实际上处在六楼。六楼老师家客厅里的我是对卧房里的我的仿冒，而七楼我们的家里的我又是对六楼客厅的我的仿冒。从那之后，每一次他要我含，我总有一种唐突又属于母性的感激，每一次，我都在心里想：老师现在是把最脆弱的地方交付给我。

明天，老师会带我到哪一个小旅馆？思琪汗涔涔翻了身，不确定刚刚一大串是梦，或者是她躺着在思考。她看向门缝，一个金色的"一"字被打断成两个"一"字，老师又站在门外。

寤寐之际，仿佛不是满室漆黑对衬那光，而是那光强调了老师拖鞋的影子，影子被照进来，拖得长长的，直到没入黑暗之中。而黑暗无所不在，仿佛老师的鞋可以乘着黑暗钻过门缝再无限地偷进被窝来，踢她一脚。她感到前所未有地害怕。

她听见门被悄悄打开的吆吆声，卧室的主灯、崁灯、投射灯同时大亮，门随即被用力地推到墙上，轰的一声。先闪电后打雷似的。老师快手快脚爬到她身上，伸进她的裙子，一摸，马上乐呵呵地说："我就知道你骗我，你不是才刚刚过生理期吗？”思琪疲惫地说：“对不起，老师，我今天真的累了。”“累了就可以当说谎的孩子？”“对不起。”

老师开始咔咔折着手指。也没有去冲澡，闻起来像动物园一样。他开始脱她的衣服，她很诧异，从不是她先脱。老师胡茬好多，跟皱纹相互文，就像一种荆棘迷宫。她开始照往常那样在脑子里造句子。突然，句子的生产线在尖叫，原本互相咬合的轮轴开始用利齿撕裂彼此，输送带断了，流出黑血。老师手上的东西是童军绳吗？“把腿打开。”“不要。”“不要逼我打你。”“老师又没有脱衣服，我为什么要打开？”李国华深深吸了一口气，佩服自己的耐性。温良恭俭让。马英九的座右铭。好险以前陆战队有学过，这里打单结，那里打平结。她的手脚像溺水。“不要，不要！”该露的要露出来。这里再打一个八字结，那里再打一个双套结。她的手腕、脚踝被绳子磨肿。“不要！不要！不要！不要！”没错，像螃蟹一样。不能固定脖子，死了就真的不好玩了。

“不要，不。”房思琪的呼叫声蜂拥出脏腑，在喉头塞车了。没错，就是这个感觉。就是这个感觉，盯着架上的书，开始看不懂上面的中文字。渐渐听不到老师说的话，只看见口型在拉扯，像怡婷和我从小做的那样，像岩石从泉水间喷出来。太好了，灵魂要离开身体了，我会忘记现在的屈辱，等我再回来的时候，我又会是完好如初的。

完成了。房妈妈前几天送我的螃蟹也是绑成这样。李国华谦虚地笑了。温良恭俭让。温暖的是体液，良莠的是体力，恭喜的是初血，俭省的是保险套，让步的是人生。

这次，房思琪搞错了，她的灵魂离开以后，再也没有回来了。

过几天，郭晓奇家的铁卷门被泼了红漆。而信箱里静静躺着一封信，信里头只有一张照片，照的是螃蟹思琪。

第三章

复乐园

怡婷高中毕业之际，只和伊纹姐姐和毛毛先生去台中看过思琪一次。白色衣服的看护执起思琪的枯手，装出娃娃音哄着思琪说：“你看看谁来看你了啊？”伊纹和怡婷看到思琪整个人瘦得像骷髅镶了眼睛。镶得太突出，明星的婚戒，六爪抓着大钻。一只戒指在南半球，一只在北半球，还是永以为好。没看过两只眼睛如此不相干。看护对她们招招手说：“过来一点没关系，她不会伤人。”像在说一条狗。只有拿水果出来的时候思琪说话了，她拿起香蕉，马上剥了皮开始吃，对香蕉说：“谢谢你，你对我真好。”

怡婷看完了日记，还没有给伊纹姐姐看。姐姐现在看起来很幸福。

怡婷上台北，伊纹和毛毛先生下高雄，在高铁站分手之后，伊纹才哭出来。哭得跌在地上，往来的旅客都在看她裙子缩起来露出的大腿。毛毛慢慢把她搀在肩上，搬到座位上坐好。伊纹哭到全身都发抖，毛毛很想抱她，但他只是默默递上气喘药。“毛毛。”“怎么了？”“毛毛，你知道她是一个多聪明的小女孩吗？你知道她是多么善良，对世界充满好奇心吗？而现在她唯一记得的就是怎么剥香蕉！”毛毛慢慢地说：“不是你的错。”伊纹哭得更厉害了：“就是我的错！”“不是你的错。”“就是我的错，我一直沉溺在自己的痛苦里，好几次她差一步就要告诉我，但是她怕增加我的负担，到现在还没有人知道她为什么会变成这样！”毛毛轻轻拍着伊纹的背，可以感觉到伊纹驼着背鼓出了脊梁，毛毛慢慢地说：“伊纹，我不知道怎么跟你讲，在画那个小鸟笼坠子的时候，我真的可以借由投入创作去间接感受到你对她们的爱，可是就像发生在你身上的事情不是你自己，更不可能是她的错一样，发生在思琪身上的事也绝对不是你的错。”

回家没几天伊纹就接到一维的电话。只好用白开水的口气接电话：“怎么了吗？”省略主语，不知道该怎么称呼他。一维用比他原本的身高要低的声音说：“想看看你，可以去你那儿吗？”毛毛不在。“你怎么知道我在哪里？”“我猜的。”伊纹的白开水声音掺入墨汁，一滴墨汁向地心的方向开花：“哦，一维，我们都放彼此一马吧，我前几天才去看了思琪。”“求求你？”一维装出鸭子的声音，“求求你？”

开门的时候一维还是那张天高地阔的脸，一维默默地看着伊纹家里的陈设，书本和电影乱糟糟砌成两叠。伊纹转过去流理台的时候，一维坐在厨房高脚椅上看着伊纹在背心短裤之外露出大片的皮肤，白得像饭店的床，等着他躺上去。一维闻到咖啡的香味。伊纹要很用力克制才不会对他温柔。“给你，不要烫到。”天气那么热，一维也不脱下西装外套，还用手围握着马克杯。伊纹埋在冰箱里翻找，而一维的眼睛找到了一双男袜。伊纹在吧台的对面坐下。一维的手伸过去顺遂她的耳轮。伊纹偏了偏头。“一维。”“我已经戒酒了。”“那很好，真的。”一维突然激动起来：“我真的戒酒了，伊纹，我已经超过五十岁了，我真的没办法就这样失去你，我真的很爱你，我们可以搬出来，想住哪里就住哪里，你可以像这样把房子搞得乱七八糟的，也可以整个冰箱装垃圾食物，再给我一次机会，好吗？好吗，我粉红色的伊纹？”他呼吸到她的呼吸。伊纹心想，我真的没办法讨厌他。他们的四肢汇流在一起，沙发上分不清楚谁谁。

一维趴在她小小的乳上休息。刚刚射出去的高潮的余波还留在她身体里，他可以感到她腰背规律的痉挛，撑起来是潮是嗯，弓下去是汐是啊。她的手拳紧了浮出静脉，又渐渐松手，放开了，整只手臂滑到沙发下。一瞬间，他可以看见她的手掌心指甲的刻痕，粉红红的。

伊纹像从前来回搬那些琉璃壶一样，小心翼翼地把一维的头拿开，很快地穿好了衣服。伊纹站起来，看着一维拿掉眼镜的脸像个婴孩。伊纹把衣服拿给他，坐在他旁边。“你原谅我了吗？”伊纹静静地说：“一维，你听我说，你知道我害怕的是什么吗？那一天，如果你半夜没有醒来，我就会那样失血过多而死吧。离开你的这段时间，我渐渐发现自己对生命其实是很贪婪的。我什么都可以忍耐，但是一想到你曾经可能把我杀掉，我就真的没办法忍耐下去了。什么事都有点余地，但是生死是很决绝的。也许在另一个世界，你半夜没有醒来，我死掉了，我会想到满屋子我们的合照睁大眼睛围观你，你会从此清醒而空洞地过完一生吗？或者你会喝得更凶？我相信你很爱我，所以我更无法原谅你。我已经一次又一次为了你推迟自己的边界了，但是这一次我真的好想要活下去。你知道吗，当初提出休学，教授问我未婚夫是什么样的人，我说‘是个像松木林一样的男人哦’，还特地去查了英语词典，确定自己讲的是世界上所有松科中最挺拔、最坚忍的一种。你还记得以前我最常念给你听的那本情诗集吗？现在再看，我觉得那简直就像是我自己的日记一样。一维，你知道吗，我从来不相信星座的，可是今天我看到报纸上说你直到年末运势都很好，包括桃花运——你别说我残忍，连我都没有说你残忍了。一维，你听我说，你很好，你别再喝酒了，找一个真心爱你的人，对她好。一维，你就算哭，我也不会爱你，我真的不爱你，再也不爱了。”

毛毛回伊纹这儿，打开门就听见伊纹在淋浴。一屁股坐上沙发，立刻感觉到靠枕后有什么。一球领带。领带的灰色把毛毛的视野整个蒙上一层阴影。淋浴的声音停了，接下来会是吹风机的声音。在你吹干头发之前我要想清楚。我看见你的拖鞋，然后是小腿，然后是大腿，然后是短裤，然后是上衣，然后是脖子，然后是脸。“伊纹？”“嗯？”“今天有人来吗？”“为什么问？”拿出那球领带，领带在手掌里松懈了，叹息一样滚开来。“是钱一维吗？”“对。”“他碰你了吗？”毛毛发现自己在大喊。伊纹生气了：“为什么我要回答这个问题？你是我的谁？”毛毛发现自己的心下起大雨，有一只湿狗一跛一跛哀哀在雨中哭。毛毛低声说：“我出门了。”门静静地关起来，就像从来没有被开过。

伊纹默默收拾屋子，突然觉得什么都是假的，什么人都要求她，只有陀思妥耶夫斯基属于她。

一个小时后，毛毛回来了。

毛毛说：“我去买晚餐的材料，抱歉去久了，外面在下雨。”不知道在向谁解释。不知道在解释什么。毛毛把食材收进冰箱。收得极慢，智能型冰箱唱起了关门歌。

毛毛开口了，毛毛的声音也像雨，不是走过橱窗，骑楼外的雨，而是门廊前等人的雨：“伊纹，我只是对自己很失望，我以为我唯一的美德就是知足，但是面对你我真的很贪心，或许我潜意识都不敢承认我想要在你空虚寂寞的时候溜进来。我多么希望我是不求回报在付出，可是我不是。我不敢问你爱我吗，我害怕你的答案。我知道钱一维是故意把领带忘在这里的。我跟你说过，我愿意放弃我拥有的一切去换取你用看他的眼神看我一眼，那是真的。但是，也许我的一切只值他的一条领带。我们都是学艺术的人，可是我犯了艺术最大的禁忌，那就是以谦虚来自满。我不该骗自己说能陪你就够了，你幸福就好了，因为我其实想要更多。我真的很爱你，但我不是无私的人，很抱歉让你失望了。”

伊纹看着毛毛，欲言又止，就好像她的舌头跌倒了爬不起来。仿佛可以听见隔壁栋的夫妻做爱配着脏话，地下有种子抽芽，而另一边的邻居老爷爷把假牙泡进水里，假牙的齿缝生出泡泡，啵一声啵一声破在水面上。我看见你的脸渐渐亮起来，像抛光一样。

伊纹终于下定决心开口，她笑了，微微夸饰的嘴唇就好像即将要说出口的话极为烫舌一样。她像小孩子手指着招牌一个字一个字认，一个字一个字笃实实、甜蜜蜜地念：“敬、苑。”“咦？你为什么从来没有告诉我？”“你又没有问我，我为什么要告诉你呢？”伊纹笑到手上的香草蛋糕山崩、地裂、土石流。毛敬苑的上髭下须迟迟地分开来，说话而抖擞的时候可以隐约看见髭须下的皮肤红了起来，像是适红土的植被终于从黄土被移植到红土里，气孔都轰然大香。毛敬苑也笑了。

怡婷看完了日记，她不是过去的怡婷了。她灵魂的双胞胎在她楼下、在她旁边，被污染，被涂鸦，被当成厨余。日记就像月球从不能被看见的背面，她才知道这个世界的烂疮比世界本身还大。她灵魂的双胞胎。

怡婷把日记翻到会背了，她感觉那些事简直像发生在她身上。会背了之后拿去给伊纹姐姐。有生以来第二次看到姐姐哭。姐姐的律师介绍了女权律师，她们一齐去找律师。办公室很小，律师的胖身体在里面就像整个办公室只是张扶手椅一样。律师说："没办法的，要证据，没有证据，你们只会被反咬妨害名誉，而且是他会胜诉。""什么叫证据？""保险套卫生纸那类的。"怡婷觉得她快要吐了。

怡婷思琪，两个人一起去大学的体育馆预习大学生活，给每一个球场上的男生打分数，脸有脸的分数，身材有身材的分数，球技有球技的分数。大考后吃喝玩乐的待做事项贴在墙上，一个个永远没有机会打钩的小方格像一张张呵欠的嘴巴。有老师当着全班的面说思琪是神经病，怡婷马上揉了纸团投到老师脸上。游泳比赛前不会塞卫生棉条你就进厕所帮我塞。李国华买的饮料恰有我爱喝的，你小心翼翼揣在包里带回来，我说不喝，你的脸死了一秒。刚上高中的生日，我们跟学姐借了身份证去KTV，大大的包厢里跳得像两只蚤。小时候两家人去赏荷，荷早已凋尽，叶子焦蜷起来，像茶叶萎缩在梗上，一池荷剩一枝枝梗挺着，异常赤裸，你用唇语对我说："荷尽已无擎雨盖，好笨，像人类一样。"我一直知道我们与众不同。

诗书礼教是什么？领你出警察局的时候，我竟然忍不住跟他们鞠躬说警察先生谢谢，警察先生不好意思。天啊！

如果不是连我都嫌你脏，你还会疯吗？

怡婷约了李国华，说她知道了，让她去他的小公寓吧。门一关起来怡婷就悚然，感觉头发不是长出来的而是插进她的头皮。屋子里有一缸金鱼，金鱼也不对她的手有反应，显然是习惯了人类逗弄，她的脑海马上浮现思琪的小手。

关门以后，怡婷马上开口了，像打开电视机转到新闻台，理所当然的口气，她在家里已演练多时："为什么思琪会疯？""她疯了啊？哦，我不知道，我好久没联络她了，你找我就是要问这个吗？"李国华的口气像一杯恨不能砸烂的白开水。"老师，你知道我告不了你的，我只是想知道，思琪，她为什么会疯？”李国华坐下，抚摩胡茬，他说：“她这个人本来就疯疯癫癫的，而且你有什么好告我呢？”李国华笑眯眯的，愁胡眼睛眯成金鱼吐的小气泡。怡婷吸了一口气：“老师，我知道你在我们十三岁的时候强暴思琪，真的要上报也不是不可以。”李国华露出小狗的汪汪眼睛，他用以前讲掌故的语气说：“唉，你没听我说过吧，我的双胞胎姐姐在我十岁的时候自杀了，一醒来就没了姐姐，连最后一面也见不到，听说是晚上用衣服上吊的，两个人挤一张床，我就睡在旁边，俗话说，可恶之人必有可怜之处。”怡婷马上打断他的话：“老师，你不要跟我用弗洛伊德那一套，你死了姐姐，不代表你可以强暴别人，所谓可恶之人必有可怜之处，那是小说，老师，你可不是小说里的人物。”李国华收起了小狗眼睛，露出原本的眼睛，他说：“疯就已经疯了，你找我算账她也不会回来。”怡婷一口气把衣裤脱了，眼睛里也无风雨也无晴。“老师，你强暴我吧。”——像你对思琪做的那样，我要感受所有她感受到的，她对你的挚爱和讨厌，我要做两千个晚上一模一样的噩梦。“不要。”“为什么？拜托强暴我，我以前比思琪还喜欢你！”——我要等等我灵魂的双胞胎，她被你丢弃在十三岁，也被我遗忘在十三岁，我要躺在那里等她，等她赶上我，我要跟她在一起。抱住他的小腿。“不要。”“为什么？求你强暴我，我跟思琪一模一样，思琪有的我都有！”李国华的脚踢中怡婷的咽喉，怡婷在地板上干呕起来。“你撒泡尿照照自己的麻脸吧，死神经病母狗。”把她的衣物扔出门外，怡婷慢慢爬出去捡，爬出去的时候感到金鱼的眼睛全凸出来抵着缸壁看她。

房爸爸房妈妈搬出大楼了。他们从前不知道自己只是普通人。女儿莫名其妙发疯之后，他们才懂得那句陈腔的意思：太阳照常升起，活人还是要活，日子还是要过。离开大楼的那天，房妈妈抹了粉的脸就像大楼磨石均匀的脸一样：没有人看得出里面有什么。

晓奇现在待在家里帮忙小吃摊的生意。忙一整天，身上的汗像是她也在蒸笼里蒸过一样。每天睡前晓奇都会祷告：“上帝，请你赐给我一个好男生，他愿意和我与我的记忆共度一生。”睡着的时候，晓奇总是忘记她是不信基督的，也忘记她连跟爸妈去拜拜都抗拒。她只是静静地睡着。老师如果看到蓝花纹的被子服帖她侧睡的身体，一定会形容她就像一个倒卧的青瓷花瓶，而老师自己是插花的师傅。但是晓奇连这个也记不得了。

有时候李国华在秘密小公寓的淋浴间低头看着自己，他会想起房思琪。想到自己谨慎而疯狂，明媚而膨胀的自我，整个留在思琪里面。而思琪又被他纠缠拉扯回幼儿园的词汇量，他的秘密，他的自我，就出不去思琪的嘴巴，被锁在她身体里，甚至到了最后，她还相信他爱她。这就是话语的重量。想当年在高中教书，他给虐待小动物的学生开导出了眼泪。学生给小老鼠浇了油点火。给学生讲出眼泪的时候他自己差一点也要哭了。可是他心里自动譬喻着着火的小老鼠乱窜像流星一样，像金纸一样，像镁光灯一样。多美的女孩！像灵感一样，可遇不可求。也像诗兴一样，还没写的、写不出来的，总以为是最好的。淋浴间里，当虬蜷的体毛搓出白光光的泡沫，李国华就忘记了思琪，跨出浴室之前默背了三次那个正待在卧房的女孩的名字。他是礼貌的人，二十多年了，不曾叫错名字。

伊纹一个礼拜上台中一次，拿削好的水果给思琪，照往常那样念文学作品给她听。一坐就是许久，从书中抬起头，看见精神病院地上一根根铁栏杆的影子已经偏斜，却依旧整齐、平等，跟刚刚来到的时候相比，就像是边唱边摇晃的合唱团的两张连拍相片。而思琪总是缩成一团，水果拿在手上小口小口啃。伊纹姐姐读道："我才知道，在奥斯维辛也可以感到无聊。"伊纹停下来，看看思琪，说，"琪琪，以前你说这一句最恐怖，在集中营里感到无聊。"思琪露出努力思考的表情，小小的眉心皱成一团，手上的水果被她压出汁，然后开怀地笑了，她说："我不无聊，他为什么无聊？"伊纹发现这时候的思琪笑起来很像以前还没跟一维结婚的自己，还没看过世界的背面的笑容。伊纹摸摸她的头，说："听说你长高了，你比我高了耶。"思琪笑着说："谢谢你。"说"谢谢"的时候水果的汁液从嘴角流下去。

和毛毛先生在高雄约会，伊纹发现她对于故乡更像是观光。只有一次在圆环说了："敬苑，我们不要走那条路。那栋楼。"毛毛点点头。伊纹不敢侧过脸让毛毛看到，也不想在副驾驶座的后视镜里看见自己。不左不右，她觉得自己一生从未这样直视过。回到毛毛家，伊纹才说了："多可悲，这是我的家乡，而有好多地方我再也不敢踏上，就好像记忆的胶卷拉成危险的黄布条。”毛毛第一次打断她说话：“你不要说对不起。”“我还没说。”“那永远别说。”“我好难过。”“或许你可以放多一点在我身上。”“不，我不是为自己难过，我难过的是思琪，我一想到思琪，我就会发现我竟然会真的想去杀人。真的。”“我知道。”“你不在家的时候，我会突然发觉自己正在思考怎么把一把水果刀藏在袖子里。我是说真的。”“我相信你。但是，思琪不会想要你这样做的。”伊纹瞪红了眼睛：“不，你错了，你知道问题在哪里吗？问题就是现在没有人知道她想要什么了，她没有了，没有了！你根本就不懂。”“我懂，我爱你，你想杀的人就是我想杀的人。”伊纹站起来抽卫生纸，眼皮擦得红红的，像抹了胭脂。“你不愿意当自私的人，那我来自私，你为了我留下来，可以吗？”

怡婷在大学开学前，和伊纹姐姐相约出来。伊纹姐姐远远看见她，她就从露天咖啡座站起身来挥手。伊纹姐姐穿着黑地白点子的洋装，好像随手一指，就会指出星座，伊纹姐姐就是这样，全身都是星座。她们美丽、坚强、勇敢的伊纹姐姐。

伊纹姐姐今天坐在那里，阳光被叶子筛下来，在她露出来的白手臂上也跟星星一样，一闪一闪的。伊纹跟怡婷说："怡婷，你才十八岁，你有选择，你可以假装世界上没有人以强暴小女孩为乐；假装从没有小女孩被强暴；假装思琪从不存在；假装你从未跟另一个人共享奶嘴、钢琴，从未有另一个人与你有一模一样的胃口和思绪，你可以过一个资产阶级和平安逸的日子；假装世界上没有精神上的癌；假装世界上没有一个地方有铁栏杆，栏杆背后人人精神癌到了末期；你可以假装世界上只有马卡龙、手冲咖啡和进口文具。但是你也可以选择经历所有思琪感受过的痛楚，学习所有她为了抵御这些痛楚付出的努力，从你们出生相处的时光，到你从日记里读来的时光。你要替思琪上大学，念研究所，谈恋爱，结婚，生小孩，也许会被退学，也许会离婚，也许会死胎。但是，思琪连那种最庸俗、呆钝、刻板的人生都没有办法经历。你懂吗？你要经历并牢牢记住她所有的思想、思绪、感情、感觉、记忆与幻想，她的爱、讨厌、恐惧、失重、荒芜、柔情和欲望，你要紧紧拥抱着思琪的痛苦，你可以变成思琪，然后，替她活下去，连思琪的份一起好好地活下去。”怡婷点点头。伊纹顺顺头发，接着说，“你可以把一切写下来，但是，写，不是为了救赎，不是升华，不是净化。虽然你才十八岁，虽然你有选择，但是如果你永远感到愤怒，那不是你不够仁慈，不够善良，不富同理心，什么人都有点理由，连奸污别人的人都有心理学、社会学上的理由，世界上只有被奸污是不需要理由的。你有选择——像人们常常讲的那些动词——你可以放下，跨出去，走出来，但是你也可以牢牢记着，不是你不宽容，而是世界上没有人应该被这样对待。思琪是在不知道自己的结局的情况下写下这些，她不知道自己现在已经没有了，可是，她的日记又如此清醒，像是她已经替所有不能接受的人——比如我——接受了这一切。怡婷，我请你永远不要否认你是幸存者，你是双胞胎里活下来的那一个。每次去找思琪，念书给她听，我不知道为什么总是想到家里的香氛蜡烛，白胖带泪的蜡烛总是让我想到那个词——尿失禁，这时候我就会想，思琪，她真的爱过，她的爱只是失禁了。忍耐不是美德，把忍耐当成美德是这个伪善的世界维持它扭曲的秩序的方式，生气才是美德。怡婷，你可以写一本生气的书，你想想，能看到你的书的人是多么幸运，他们不用接触，就可以看到世界的背面。”

伊纹站起来，说：“敬苑来接我了。”怡婷问她：“姐姐，你会永远过着幸福快乐的日子吗？”伊纹提包包的右手无名指有以前戒指的晒痕。怡婷以为伊纹姐姐已经够白了，没想她以前还要白。伊纹说：“没办法的，我们都没办法从此过着幸福快乐的日子，诚实的人是没办法幸福的。”怡婷又点点头。伊纹突然一瞬间红了鼻头，掉下眼泪，“怡婷，其实我很害怕，其实有时候我真的很幸福，但是经过那个幸福之后我会马上想到思琪。如果有哪怕是一丁点幸福，那我是不是就和其他人没有两样？真的好难，你知道吗？爱思琪的意思几乎就等于不去爱敬苑。我也不想他守着一个愁眉苦脸的女人就老死了。”

跨进前座之前，伊纹姐姐用吸管喝完最后一口冰咖啡的样子像鸟衔花。

伊纹摇下车窗，向怡婷挥手，风的手指穿过伊纹的头发，飞舞得像小时候和思琪玩仙女棒的火花，随着车子开远而渐小、渐弱，几乎要熄灭了。刘怡婷顿悟，整个大楼故事里，她们的第一印象大错特错：衰老、脆弱的原来是伊纹姐姐，而始终坚强、勇敢的其实是老师。从词典、书本上认识一个词，竟往往会认识成反面。她恍然觉得不是学文学的人，而是文学辜负了她们。车子消失在转角之前，怡婷先别开了头。

每个人都觉得圆桌是世界上最美好的发明。有了圆桌，便省去了你推搡我我推搡你上主位的时间。那时间都足以把一只蟹的八只腿一对螯给剔干净了。在圆桌上，每个人都同时有做客人的不负责任和做主人的气派。

张先生在桌上也不顾礼数，伸长筷子把合菜里的蔬菜拨开，挑了肉便夹进太太的碗里。

刘妈妈一看，马上高声说话，一边用手肘挤弄丈夫："你看人家张先生，结婚这么久还这么宠太太。"

张先生马上说："哎呀，这不一样，我们婉如嫁掉那么久了，我们两个人已经习惯相依为命，你们怡婷才刚刚上大学，刘先生当然还不习惯。"

大家笑得酒杯七歪八倒。

陈太太说："你看看，这是什么啊？这就是年轻人说的，说的什么啊？”

李老师接话：“放闪！”

吴奶奶笑出更多皱纹：“还是当老师最好，每天跟年轻人在一起，都变年轻了。”

陈太太说：“小孩一个一个长大了，赶得我们想不老都不行。”

谢先生问：“晞晞今天怎么没有来？”

李师母跟熟人在一起很放松，她说：“晞晞说要到同学家写功课。每次去那个同学家，回来都大包小包的。我看她功课是在百货公司写的！”

又嗔了一下李老师：“都是他太宠！”

张太太笑说：“女孩子把零用钱花在自己身上，总比花在男朋友身上好。”

李师母半玩笑半哀伤地继续说：“女孩子花钱打扮自己，那跟花在男朋友身上还不是一样。”

刘妈妈高声说：“我家那个呀，等于是嫁掉了，才上大学，我还以为她去火星了！连节日都不回家。”

刘爸爸还在小声咕哝：“不是我不夹，她不喜欢那道菜啊。”

谢太太一边接话，一边看着谢先生："都说美国远，我都告诉他，真的想回家，美国跟台北一样近！"

陈先生笑说："该不会在台北看上谁了吧？谁家男生那么幸运？"

谢先生笑说："不管是远是近，美国媳妇可不如台湾女婿好控制。"

公公婆婆、岳父岳母们笑了。

吴奶奶的皱纹仿佛有一种权威性，她清清嗓子说："以前看怡婷她们，倒不像是会轻易喜欢人的类型。"

她们。

圆桌沉默了。

桌面躺着的一条红烧大鱼，带着刺刺小牙齿的嘴欲言又止，眼睛里有一种冤意。大鱼半身侧躺，好像是趴在那里倾听桌底下的动静。

刘妈妈高声说："是，我们家怡婷眼光很高。"

又干笑着说下去："她连喜欢的明星都没有。"

刘妈妈的声音大得像狗叫生人。

吴奶奶的皱纹刚刚绷紧，又松懈下来："现在年轻人不追星的真的很少。”

又咳嗽着笑着对李师母说：“上次你们来我们家，晞晞一屁股坐下来就开电视，我问她怎么这么急，她说刚刚在楼下看到紧张的地方。”

吴奶奶环顾四周，大笑着说：“坐个电梯能错过多少事情呢？”

大家都笑了。

张太太把手围在李老师耳边，悄声说：“我就说不要给小孩子读文学嘛，你看读到发疯了这真是，连我，连我都宁愿看连续剧也不要看原著小说，要像你这样强壮才能读文啊，你说是不是啊？”

李老师听着，只是露出哀戚的神气，缓缓地点头。

陈太太伸长手指，指头上箍的祖母绿也透着一丝玄机，她大声说：“哎呀，师母，不好了，张太太跟老师有秘密！”

老钱先生说：“这张桌上不能有秘密。”

张先生笑着打圆场说：“我太太刚刚在问老师意见，问我们现在再生一个，配你们小钱先生，不知道来得及来不及？”

也只有张先生敢开老钱一家玩笑。

老钱太太大叫："哎哟，这不是放闪了，自己想跟太太生孩子，就算到一维头上！"

先生太太们全尖声大笑。红酒洒了出来，在白桌巾上渐渐晕开，桌巾也羞涩不已的样子。

在李老师看来，桌巾就像床单一样。他快乐地笑了。

李老师说："这不是放闪，这是放话了！"

每个人笑得像因为恐怖而尖叫。

侍酒师沿圈斟酒的时候只有一维向他点了点头致谢。

一维心想，这个人做侍酒师倒是很年轻。

一维隐约感到一种痛楚，他从前从不用"倒是"这个句型。

张太太难得脸红，说："他这个人就是这样，在外面这么殷勤，在家里哦，我看他，我看他，就剩那一张嘴！"

吴奶奶已经过了害臊的年纪，说道："剩嘴也不是不行。"

大家笑着向吴奶奶干杯，说姜还是老的辣。

李老师沉沉说一句："客厅里的西门庆，卧室里的柳下惠。"

大家都说听不懂的话定是有道理的话，纷纷转而向李老师干杯。

张太太自顾自转移话题说："我不是说读书就不好。"

老钱太太自认是读过书的人，内行地接下这话，点头说：“那还要看读的是什么书。”

又转过头去对刘妈妈说：“从前给她看那些书，还不如去公园玩。”

一维很痛苦。他知道“从前给她看那些书”的原话是“从前伊纹给她们看那些书”。

一维恨自己的记性。他胸口沉得像从前伊纹趴在上面那样。

伊纹不停地眨眼，用睫毛搔他的脸颊。

伊纹握着自己的马尾梢，在他的胸口写书法。写着写着，突然流下了眼泪。

他马上起身，把她放在枕头上，用拇指抹她的眼泪。她全身赤裸，只有脖子戴着粉红钻项链。钻石像一圈聚光灯照亮她的脸庞。

伊纹的鼻头红了更像只小羊。

伊纹说：“你要永远记得我。”

一维的眉毛向内簇拥，挤在一起。

“我们当然会永远在一起啊。”

“不是，我是说，在你真的占有我之前，你要先记住现在的我，因为你以后永远看不到了，你懂吗？”

一维说好。

伊纹偏了偏头，闭上眼睛，颈子歪伸的瞬间项链哆嗦了一下。

一维坐在桌前，环视四周，每个人高声调笑时舌头一伸一伸像吐钞机，笑出眼泪时的那个晶莹像望进一池金币，金币的倒影映在黑眼珠里。歌舞升平。

一维不能确定这一切是伊纹所谓的“不知老之将至”，还是“老而不死是为贼”，或者是“纵然行过死荫的幽谷，也不怕遭害，因为你与我同在”。

一维衣冠楚楚地坐在那里，却感觉到伊纹凉凉的小手深深地把指甲摁刻进他屁股里，深深迎合他。

“说你爱我。”

“我爱你。”

“说你会永远爱我。”

“我会永远爱你。”

“你还记得我吗？”

“我会永远记得你。”

上了最后一道菜，张先生又要帮太太夹。

张太太张舞着指爪，大声对整桌的人说：“你再帮我夹！我今天新买的戒指都没有人看到了！”

所有的人都笑了。所有的人都很快乐。

她们的大楼还是那样辉煌，丰硕，希腊式圆柱经年了也不曾被人摸出腰身。路人骑摩托车经过，巍峨的大楼就像拔地而出的神庙，路人往往会转过去，掀了安全帽的面盖，对后座的亲人说：“要是能住进这里，一辈子也算圆满了。”

后记

“等待天使的妹妹”，我和B结婚了。

我常常对我的精神科医师说：“现在开始我真不写了。”

高中毕业八年，我一直游离在住处、学校与咖啡馆之间。在咖啡馆，戴上耳机，写文章的时候，我喜欢凭着唇舌猜测隔壁桌的客人在谈些什么。猜他们是像母子的情侣，或是像情侣的姊妹。最喜欢自助咖啡厅，看前一秒还对着智能型手机讲电话讲得金牙都要喷出来的西装男人，下一秒走一步看一脚地端咖啡回座位。一个如此巨大的男人，被一杯小小的咖啡收束起来。那是直见性命的时刻。我往往在他脸上看见他从前在羊水里的表情。我会想起自己的少女时代。

我永远记得高中的那一堂下课。我们班被学校放在与“别班”不同的大楼，我走去“别的”大楼，等那个从中学就喜欢的女生下课。大楼前的小庭院密丛丛种着榄仁树，树下有黑碎白末硅矿石桌椅。桌椅上的灰尘亦有一种等待之意。大约是夏日，树叶荣滋得像一个本不愿留长发的英气女孩被妈妈把持的丰厚马尾。太阳钻过叶隙，在黑桌面上针孔成像，一个一个圆滚滚、亮晶晶的，钱币一样。我想起中学时放学又补习后我总发短信给她，一去一返，又坚持着她要传最后一封，说这样绅士。一天她半生气半玩笑说，电话费要爆炸了。我非常快乐。我没有说的是：我不愿意在短信里说再见，即使绝对会再见也不愿意。那时候就隐约明白有一种爱是纯真到甚至可以计算的。

抬起头看榄仁树，可以看见肥厚的绿叶相打闹的声音。和入冬脚下黄叶窸窸窣窣的耳语终究不同，夏日绿叶的嚷闹有些无知。中学时，为了考进第一志愿资优班，我下课时间从不下课，总是钉在座位上解题目。她是个大鸣大放的人，一下课便吆喝着打球，我的眼睛盯在式子上，她的声音夹缠着七彩的荷尔蒙钻进我的耳朵，然而我写下的答案还一样是坚定、涅槃的。她的声音像一种修辞法，对衬我僵硬的驼背，有一种苦行感。风起时，榄仁树的香味嘘进来，和早餐吃的数学题和三明治做了多项式火腿蛋榄仁三明治，我的七窍袅袅哼着香。望进去她们的班级，粉笔在黑板上的声音像敲门。讲台下一式白衣黑裙，一眼仿佛人山人海，分不清楚谁是谁。可我知道她在里面。我很安心。往另一头望去，是排球场。球场的喊声像牧犬和羊群，一个赶便一群堆上去。我想起她打球的样子，汗水沾在她的脸上，我都不觉得那是汗水，而是露珠。那丰饶！当天说了我没办法再等她了。以为闹个脾气，卖个自尊。当时不知道是永别。

那天，你跟我说你的故事。我逃命一样跑出门，跑去平时写文章的咖啡厅，到了店门口，手上不知道怎么有计算机。整个季节当头浇灌下来，像汤霜刑，抬头看太阳，像沉闷在一锅汤底看汤面一团凝聚的金黄油脂。被淫烫之际我才发现整个世界熊熊燃烧的核心题旨是我自己。自动地走进店里，美式咖啡不加奶不加糖，双手放上键盘，我放声痛哭。我不知道为什么自己这时候还想写。后来我有半年没有办法识字。丑恶也是一种知识，且跟不进则退的美之知识不同，丑恶之知识是不可逆的。有时候我竟会在我跟 B 的家里醒过来，发现自己站着，正在试图把一把水果刀藏到袖子里。可以忘记丑恶，可是丑恶不会忘了我。

我常常对我的精神科医师说："现在开始我真不写了。"

"为什么不写了？"

"写这些没有用。"

"那我们要来定义一下什么是'用'。"

"文学是最徒劳的，且是滑稽的徒劳。写这么多，我不能拯救任何人，甚至不能拯救自己。这么多年，我写这么多，我还不如拿把刀冲进去杀了他。真的。"

"我相信你。幸好这里不是美国，不然我现在就要打电话警告他。"

"我是说真的。"

"我真的相信你。"

"我不是生来就想杀人的。"

"你还记得当初为什么写吗？"

"最当初写，好像生理需求，因为太痛苦了非发泄不行，饿了吃饭渴了喝水一样。后来写成了习惯。到现在我连 B 的事情也不写，因为我竟只会写丑陋的事情。"

"写成小说，也只是习惯吗？"

"后来遇见她，我的整个人生改变了。忧郁是镜子，愤怒是窗。是她把我从幻觉幻听的哈哈镜前拉开，陪我看净几明窗前的风景。我很感谢她。虽然那风景是地狱。”

“所以你有选择？”

“像小说里伊纹说的那样吗？我可以假装世界上没有人以强奸小女孩为乐，假装世界上只有马卡龙、手冲咖啡和进口文具？我不是选择，我没办法假装，我做不到。”

“整个书写让你害怕的是什么？”

“我怕消费任何一个房思琪。我不愿伤害她们，不愿猎奇，不愿煽情。我每天写八个小时，写的过程中痛苦不堪，泪流满面。写完以后再看，最可怕的就是：我所写的、最可怕的事，竟然是真实发生过的事。而我能做的只有写。女孩子被伤害了。女孩子在读者读到这段对话的当下也正在被伤害。而恶人还高高挂在招牌上。我恨透了自己只会写字。”

“你知道吗，你的文章里有一种密码。只有处在这样的处境的女孩才能解读出那密码。就算只有一个人，千百个人中有一个人看到，她也不再是孤单的了。”

“真的吗？”

“真的。”

“等待天使的妹妹”，我在世界上最不愿伤害的就是你，没有人比你更值得幸福，我要给你一百个棉花糖的拥抱。

中学期中期末考试结束的下午，我们一群人总会去百货公司看电影。因为是周间，整个电影院总只有我们。朋友中最大胆的总把鞋子脱了，脚丫高高跷上前排座位。我们你看我我看你，一个个把鞋脱了，一个个脚跷上去。至顽劣不过如此。我永远记得散场之后搭电梯，马尾女孩的手疲惫而愉悦地撑在扶手上。无限地望进她的手，她的指甲形状像太阳公转的黄道，指节的皱纹像旋转的星系。我的手就在旁边，我的手是解题目的手，写文章的手，不是牵手的手。六层楼的时间，我完全忘记方才的电影，一个拳头的距离，因为一种幼稚的自尊，竟如此遥远，如此渺茫。

后来，长大了，我第二次自杀，吞了一百颗普拿疼[1]，插鼻胃管，灌活性炭洗胃。活性炭像沥青一样。不能自已地排便，整个病床上都是吐物、屎尿。病床矮栅关起来，一路

1　普拿疼（panadol）：乙酰氨基酚的商品名，又称醋氨酚，是一种常用的退热和止痛药物。

直推进加护病房，我的背可以感到医院的地板如此流利，像一首童诗。为了夹咬测血氧的管线，护理师姐姐替我卸指甲油，又像一种修辞法，一种相声，护理师的手好温暖，而去光水好冰凉。问护理师我会死吗，护理师反问怕死为什么自杀呢，我说我不知道。我真不知道。因为活性炭，粪便黑得像马路。我身上阡陌纵横，小小一张病床，一迷路就是八年。

如果她欲把手伸进我的手指之间。如果她欲喝我喝过的咖啡。如果她欲在钞票间藏一张我的小照。如果她欲送我早已不读的幼稚书本做礼物。如果她欲记住每一种我不吃的食物。如果她欲听我的名字而心悸。如果她欲吻。如果她欲相爱。如果可以回去。好，好，都好。我想跟她躺在凯蒂猫的床单上看极光，周围有母鹿生出覆着虹彩薄膜的小鹿，兔子在发情，长毛猫预知已身之死亡而走到了无迹之处。爬满青花的骨瓷杯子里，占卜的咖啡渣会告诉我们：谢谢你，虽然我早已永永远远地错过了这一切。自尊？自尊是什么？自尊不过是护理师把围帘拉起来，便盆塞到底下，我可以准确无误地拉在里面。

林奕含婚礼致辞

嗨，大家好。我是今天的新娘，我叫林奕含。

今天是个喜气的日子，所以我理应说些喜气洋洋的话，但是很不幸的，我这个人本身就没有什么喜气。

事实上，我这个人什么都不会，但我会写两个字，所以今天我来说几句话。

高中二年级开始了我与重度抑郁症共生的人生，重抑郁症这件事情，很像是失去一条腿或者是失去一双眼睛。

人人都告诉我说：

“你要去听音乐啊。”

“你要去爬山啊。”

“去散心啊。”

“你跟朋友聊聊天啊。”

但我知道不是那样的。

我失去了“快乐”这个能力，就像有人失去了他的眼睛，然后再也拿不回来一样。但与其说是快乐，不如说得更准确一点，是热情。我失去了吃东西的热情，我失去了与人交际的热情，以至于到最后我失去了对生命的热情。

有些症状是或许你们比较可以想象的。我常常会哭泣，然后脾气变得非常暴躁，然后我会自残。另外一些是你们或许没有办法想象的。

我会幻觉，我会幻听，我会解离，然后我自杀很多次，进过加护病房或是精神病房。因为是高中二年级的时候开始生病的，我每个礼拜二要上台北做深度心理治疗，每个礼拜五要到门诊拿药。

这就有点接近我今天要谈的精神病污名化的核心——我是台南人，我在台南生病，但是为什么每一个人都告诉我，我要到一个没有人认识我的地方去治疗我的疾病？我为什么要上台北？当然后来也出于这个原因，我缺课太多，差一点没有办法从高中毕业。

前几年，我的身体状况好一点，我就重考。这几年一直处于没有工作也没有学业的状况，前几年身体好了一点，我就去重考，然后考上了政大中文系。在中文系念到第三年的时候，很不幸地，突然开始病情发作，所以我再度休学。在我休学前那一阵子我常常发作解离。

所谓的解离呢，以前的人会叫它精神分裂，现在有一个比较优雅的名字叫作思觉失调。但我更喜欢用柏拉图的一句话来叙述它，就是灵肉对立。因为我肉体受到的创痛太大了，以至于我的灵魂要离开我的身体，我才能活下去。

我第一次解离是在我十九岁的时候。我永远都记得我站在离我的住所不远的大马路上，好像突然醒了过来，那时候正下着滂沱大雨，我好像被大雨给淋醒了一样。我低头看看自己，我的衣着很整齐，甚至仿佛打扮过，但是我根本不知道我什么时候出的门，去了哪里，又做了些什么。对我来说，解离的经验是比吃一百颗普拿疼，然后被推去加护病房里面洗胃还要痛苦的一个经验。

从中文系休学前几个月，我常常解离，还有另外一个症状是没有办法识字。我知道这听起来很荒谬，对，但就是我打开书我没有一个字看得懂。对一个从小就如此爱慕、崇拜文字的人来说，这是很挫折的一件事。

当然在这样的情况下我没有办法参加期末考，然后那时候正值期末考。中文系的系主任就把我叫过去讲话。我请我的医生开了一张诊断证明，然后我就影印了很多份，寄给各个教授，跟他们解释我为什么没有办法参加期末考。

这时候系主任与助教就坐在那个办公室里面，助教在那边看着我，然后他说："精神病的学生我看多了，自残啊，自杀啊，我看你这样蛮好、蛮正常的。"然后我的系主任对我说了九个字，这九个字我一辈子都不会忘记。他拎起我的诊断书，问我说："你从哪里拿到这个的？"

你——从——哪——里——拿——到——这——个——的？

当下的我，我觉得我很懦弱，我就回答他说："我从医院。"但我现在很后悔我没有跟他说："主任，我没有笨到在一个——活在一个对精神病普遍存在扁平想象的社会里，用一张精神病的诊断书去逃避区区一个期末考试。然后你问我从哪里拿到的。从我的屁眼啦！干！"我很想这样说，但我没有。

所以我要问的是，他是用什么东西来诊断我？是用我的坐姿、我的洋装、我的唇膏，或是我的口齿来诊断我吗？这个社会对精神疾患者的想象是什么？或我们说得难听一点，这个社会对精神疾患者的期待是什么？是不是我今天衣衫褴褛、口齿不清，然后六十天没有洗澡去找他，他就会相信我真的有精神病？又或者他觉得精神病根本不是病呢？

请试想一下今天你有一个晚辈，他得了白血病。

你绝对不会跟他说："我早就跟你讲，你不要跟得白血病的人来往，不然你自己也会得白血病。"

不会这样说吧？

你也不会跟他说："我跟你讲，都是你的意志力不够，你的抗压性太低，所以你才会得白血病。"

你也不会跟他说："你为什么要一直去注意你的白血球呢？你看你的手指甲不是长得好好的吗？为什么要一直去想白血球呢？"

你也绝对不会这样说。

你更不会对他说："为什么大家的白血球都可以乖乖的，你的白血球就是不乖呢？让白血球乖乖的很难吗？"

这些话听起来多么地荒谬，可是这些就是我这么多年来听到最多的一些话。

很多人问我，为什么要休学，为什么可以不用工作，为什么休学一次休学两次，然后吧啦吧啦……然后没有人知道我比任何人都还要不甘心。

就是，这个疾病，它剥夺了我曾经引以为傲的一切。

比如，我曾经没有任何缝隙的与我父母之间的关系，或者是我原本可能一帆风顺的恋爱，或是随着生病的时间越来越长，朋友一个一个地离去，甚至是我没有办法念书。天知道我多么地想要一张大学文凭。

还有，有吃过神经类或精神科药物的人都知道，吃了药以后你反应会变得很迟钝，会很嗜睡。我以前三位数的平方，心算只要半秒就可以出来，我现在去小吃店连找个零钱都找不出来。还有吃其中一种药，我在两个月里胖了二十公斤，甚至还有人问我说："哎，你为什么不少吃一点？"所以有时候，你知道某一种无知，它真的是很残酷的。

所以我从来没有做出任何选择。这么多年，我一直在写文章，其实我从头到尾都只有讲一句话，就是：不是我不为，我是真的不能。

在中文系的时候，班上有遇到一些同学，他们是所谓的文青，他们简直恨不得能得抑郁症，他们觉得抑郁症是一件很诗情画意的事情。他们不知道我站在我的疾病里，我看出去的苍白与荒芜。

我只想告诉他们，这种愿望有多么地可耻。

我也认识很多所谓身处上流的人，他们生了病却没有办法去看病，因为面子或无论你叫它什么。我也知道有的人他生了病想要看病却没有钱去看病。比如说我一个月药费和心理咨询的费用就要超过一万台币。

今天是我们的订婚宴。想到婚礼这件事，我整天思考的一些事情就是：今天我和 B 站在这里，不是因为我歌颂这个天纵英明的异性恋一夫一妻制度。

我支持多元成家，也支持通奸除罪化。我穿着白纱，白纱象征的是纯洁。可是从什么时候开始，所谓的纯洁从一种精神状态变成一种身体的状态，变成一片处女膜？

或者比如说，人人都会说："啊，这是一个女人一生中最美的时刻。"这句话是多么地父权。他说这是一个女人一生中最美的时刻，不是说你美。意思是说，从今以后，无论你里或外的美都要开始走下坡。意思是，从今以后你要自动、自发地把性吸引力收到潘多拉的盒子里。

跟 B 在一起这几年，教我最大的一件事情，其实只有两个字，就是“平等”。

我从来都是谁谁谁的女儿、谁谁谁的学生、谁谁谁的病人，但我从来不是我自己。我所拥有的只有我和我的病而已。

然后跟 B 在一起的时候，我是他女朋友，但不是他“的”女朋友。我是他未婚妻，但是不是他“的”未婚妻。我愿意成为他老婆，但我不是他“的”老婆。我坐享他的爱，但是我不会把他视为理所当然。

今天在这个场合，如果要说什么 B 是全世界最体贴我的人啦，全世界最了解我的人啦，全世界对我最好的人啦，然后我要用尽心力去爱他，经营我们的感情啦……我觉得这些都是废话，因为不然我们也不会站在这里。

关于“新人”这个词，今天我和 B 是新人。然后这个词让我想到我最喜欢的日本作家大江健三郎他说的新人。他常常在书里引用这个概念，就是他的书写不是写给存在这个世界上的大人们的，甚至也不是写给存在这个世界上的小孩的，而是写给那些比最新的人还要新，给尚未出世的孩子们写的。“新人”这个词出自《新约圣经》，是使徒保罗叫耶稣基督为 new man。

所以我在想，如果今天我是新人，如果我可以是新人，如果我可以成为新人，如果我可以成为一个新的人，那么我要成为一个什么样的人？

我想成为一个对他人的痛苦有更多想象力的人，我想要成为可以告诉那些恨不得得精神病的孩子这种愿望是不对的那种人，我想要成为可以让无论有钱或没有钱的人都毫无顾忌地去看病的那种人，我想要成为可以实质上帮助精神病去污名化的那种人。

我要感谢我的家人。我知道哥哥你很爱我，我知道你最爱我，但是你不会把它说出来。我很谢谢你每天对我的关心，对我来说是我的精神粮食。然后很谢谢爸爸妈妈，虽然我没有长成那个你们从小所培育所期待，然后花很多心思所栽植的样子。没有长成那个样子，让你们失望了，我很抱歉。

（林爸爸：“不会！”）

我要结婚了，但你们不是失去一个女儿，而是多出一个儿子。同样地，我也要感谢B爸爸还有B妈妈，谢谢你们生养出一个如此完美的大男孩，谢谢你们放心把他交给我，我一定会努力地好好照顾他，把他养胖。同样地，对B爸爸、B妈妈来说，我希望你们不要觉得失去一个儿子，而是多了一个女儿，如果我没有办法，因为我没有什么姐姐的样子，你可以把我当成朋友，我会很开心。

最后的最后，我要谢谢各位叔叔阿姨，就是在我跟B在台北有了一个新的小小的家的时候，都是各位在场的叔叔阿姨，帮我陪伴我的爸妈，我最最深爱的我的爸爸跟我的妈妈，虽然我爸当导游很啰唆，我妈又不太能走，但真的很谢谢你们，陪他们就是到处玩啊，吃美食啊，讲一些垃圾话啊，真的很谢谢你们。

每次看到我妈传那种一群阿姨倒在一起笑得很开心的照片，我就真的打从心底感谢各位在场的叔叔阿姨，谢谢你们替我照顾我的爸妈，我真的非常感谢。

我今天要讲的就这样，谢谢。

（林妈妈："我要敬我勇敢、美丽的女儿，她比我还要勇敢，她比我还要诚实。谢谢大家的包容，也谢谢大家，希望以后继续照顾她，谢谢。"）

文治

磨铁图书旗下子品牌

更好的阅读

出 品 人　沈浩波
特约监制　潘　良　于　北
产品经理　韩　帅
特约编辑　叶　青
版权支持　丁德凤
装帧设计　山川制本workshop

关注我们

官方微博：@文治图书
官方豆瓣：文治图书
联系我们：wenzhibooks@xiron.net.cn

图书在版编目（CIP）数据

房思琪的初恋乐园 / 林奕含著 . 一贵阳：贵州人民出版社，2020.7（2025.3 重印）
ISBN 978-7-221-12339-8

Ⅰ . ①房… Ⅱ . ①林… Ⅲ . ①长篇小说－中国－当代 Ⅳ . ① I247.5

中国版本图书馆 CIP 数据核字（2020）第 073112 号

本书由游击文化股份有限公司正式授权。

著作权合同登记号　图字：22-2020-084

书　　名	房思琪的初恋乐园 Fang Siqi de Chulian Leyuan
著　　者	林奕含
责任编辑	郭予恒
封面设计	山川制本 workshop
出版发行	贵州出版集团　贵州人民出版社
社　　址	贵阳市观山湖区会展东路 SOHO 办公区 A 座 贵州出版集团大楼（邮编：550081）
印　　刷	嘉业印刷（天津）有限公司
开　　本	840×1194mm　32 开
印　　张	8.25
字　　数	124 千字
版　　次	2020 年 7 月第 1 版
印　　次	2025 年 3 月第 16 次印刷
书　　号	ISBN 978-7-221-12339-8
定　　价	58.00 元